Helen Simpson · Nächste Station

HELEN SIMPSON

Nächste Station

ERZÄHLUNGEN

Aus dem Englischen
von Michaela Grabinger

KEIN & ABER

Die Originalausgabe erschien 2015 unter dem Titel
Cockfosters bei Jonathan Cape.
Copyright © 2015 by Helen Simpson

»Cockfosters« und »Torremolinos« erschienen ursprünglich im *Guardian*.
»Kentish Town« wurde als »Night Thoughts« in *Granta* veröffentlicht.
»Kythera« wurde ursprünglich als »Cake« im *Telegraph* veröffentlicht,
»Moskau« als »Strong Man« im *New Statesman*. »Cheapside« erschien als
»Ambition« in der *Financial Times* und »Arizona« im Oktober 2015 in der
ersten Ausgabe von *Freeman's*.

Deutsche Erstausgabe
Alle Rechte vorbehalten
Copyright © 2018 by Kein & Aber AG Zürich – Berlin
Cover: Zero Werbeagentur, München
Satz: Fotosatz Amann, Memmingen
Druck und Bindung: CPI – Ebner & Spiegel, Ulm
ISBN 978-3-0369-5777-7
Auch als eBook erhältlich

www.keinundaber.ch

Inhalt

Cockfosters	7
Torremolinos	21
Erewhon	27
Kentish Town	40
Kythera	62
Moskau	72
Cheapside	88
Arizona	116
Berlin	139

Cockfosters

GREEN PARK

Eine Katastrophe war es immer noch, aber sie hatten sich stillschweigend darauf geeinigt, das Ganze locker zu sehen. Kaum waren sie an der Haltestelle Green Park ausgestiegen, hatte Julie bemerkt, dass sie sie auf dem Sitz liegengelassen hatte. Eine Zeit lang hatten sie unschlüssig auf dem U-Bahnhof gestanden und überlegt, was sie tun sollten, dann entschied Philippa: Wir fahren hinterher! Bis zur Endstation würden sie ihr nachjagen, immer davon ausgehend, dass sich niemand unterwegs damit aus dem Staub machte.

»Warum sollte sie jemand nehmen?«, sagte Julie, als sie Schulter an Schulter zusammengedrängt im nächsten Zug standen. »Sie nützt keinem Menschen etwas, aber ich bin ohne sie total aufgeschmissen. Ich kann mich einfach nicht an sie gewöhnen!«

»Völlig ausgeschlossen, dass du ohne sie nach Shropshire zurückfährst – gerade jetzt, vor der wichtigen Woche mit der Schulinspektion!«, erklärte Philippa.

»Das ist nur passiert, weil sie neu ist«, stöhnte Julie. »Ich hasse sie.«

»Du gewöhnst dich noch daran.«

»Nein, nie! Na ja, wahrscheinlich schon. Tut mir leid wegen dem Delacroix«, sagte Julie, während sie sich im Bahnhof Leicester Square mit eingezogenen Schultern des Ansturms weiterer Zusteiger zu erwehren versuchten.

»Hat aber auch sein Gutes, weil wir jetzt weiterquatschen können«, meinte Philippa grinsend.

Eigentlich hatten sie sich ein paar Stunden mit Kunst befassen wollen, aber nun würde die Zeit für die Fahrt auf der Piccadilly Line draufgehen. Obwohl sie sich seit Jahren nicht gesehen hatten, war ebenso unerwartet wie erfreulich sofort wieder die alte zwanglose Vertrautheit aufgekommen. Nach der gemeinsamen Schulzeit in Süd-London waren sie während der ersten zehn Jahre mühelos in Kontakt geblieben und hatten ihn noch mit Anfang dreißig trotz der Kinder, wenn auch mit angegriffenen Nerven, zumindest aufrechterhalten. Dann waren Julie und ihr Mann nach Norden gezogen, und die wilden Vierziger hatten die Freundschaft aus Überlebensgründen einschlafen lassen. Jetzt aber waren sie aus ihren Löchern hervorgekrochen, wie Philippa es nannte, und blickten blinzelnd ins Sonnenlicht.

COVENT GARDEN

»Das Schlimmste an einer Brille ist dieses ewige Herumgewurstel«, sagte Julie. »Ich bin über Nacht zum Tollpatsch geworden. Ich! Dabei laufe ich Marathon!«

Im Bahnhof Covent Garden drängte sich eine Horde Touristen aus dem Wagen. Julie und Philippa wichen ihnen unter Verrenkungen aus, ohne die Handgriffe loszulassen.

»Im letzten Urlaub ist mir das ganze Ausmaß überhaupt erst klar geworden«, fuhr Julie fort. »Ich wollte etwas auf einer Landkarte nachsehen, und es regnete. Ich wurstle mit der Brille herum, sie fällt mir aus der Hand, und ich stehe da und schaffe es nicht, die Karte auszubreiten, die ich sowieso nicht hätte lesen können, weil ich mir wie ein Zirkusclown die ganze Zeit einen Schirm über den Kopf hielt.«

»Schnell, komm, da sind zwei Sitze frei!«, rief Philippa.

»Plötzlich sehe ich mein Essen nur noch, wenn ich das eine Auge halb zusammenkneife und mit dem anderen draufstarre. Ich hätte nie gedacht, dass ich beim Anblick meines Tellers Piratenfratzen schneiden muss«, plapperte Julie weiter. »Das Curry war übrigens hervorragend.«

Am Abend zuvor hatten sie sich, während Philippa das Rogan Josh auftischte, im Schnellgang die letzten zehn Jahre erzählt und einander auf den neuesten Stand bezüglich Kinder und Arbeit gebracht – Julie redselig und sprunghaft wie eh und je.

»Aktion in unserem Supermarkt«, sagte Philippa. »Ende der Woche bin ich einfach zu müde zum Kochen. Anfang der Woche ehrlich gesagt auch.«

»Es war fantastisch«, beteuerte Julie. »Das Problem

ist, dass ich sie einfach nicht gern trage. Ich finde es fürchterlich, so ein Ding im Gesicht zu haben. Stell dir zwei Brillenträger beim Küssen vor – als würden Geweihe aneinanderkrachen.«

KING'S CROSS ST. PANCRAS

Wie Philippa erzählte, hatten ihre jüngsten Streifzüge durch Facebook und Friends Reunited nicht nur den Kontakt mit Julie wiederbelebt, sondern auch gezeigt, dass mindestens fünfzig Prozent der Gleichaltrigen offen zu ihren grauen Haaren und ihren Brillen standen. Sie selbst trug ihr graues Haar streichholzkurz, versuchte den Look aber mithilfe interessanter Ohrringe abzumildern, während Julies hennarote Haare noch immer bis zur Schulter reichten.

»Und sechs Kilo habe ich zugelegt im letzten Jahr«, sagte Philippa. »Ich müsste mehr Sport machen. Was ist da noch gleich angesagt für Frauen wie uns? Salsa. Zumba! Volkstanz?«

»Volkstanz geht zu weit. Das machen wir in zehn Jahren. Yee-ha!«

»Ich habe sogar schon über Klettern nachgedacht«, gestand Philippa leicht verlegen.

»Klettern?«

»Ganz in der Nähe bei mir in Crystal Palace gibt es eine Kletterwand.«

»Wer rastet, der rostet«, sagte Julie in der Hoffnung, ihre Skepsis nicht allzu deutlich gezeigt zu haben.

»Noch ein Grund, warum ich Brillen nicht mag – bei solchen Aktivitäten stören sie nur.«

»Und Kontaktlinsen?«

»Habe ich ganz am Anfang ausprobiert, aber da musste ich jeden Morgen beim Einlegen in den Augen rumstochern, und das Herausnehmen klappte auch nicht viel besser. Und als ich es dann endlich draufhatte, waren sie fürs Lesen längst nicht so gut wie erhofft. Außerdem hat mir einer in der Schule erzählt, dass sie die Sauerstoffzufuhr der Hornhaut behindern, und einmal ist ihm eine unters Lid gerutscht und fast bis hinter den Augapfel gewandert. Er musste sie im Krankenhaus entfernen lassen – da hat es mir sofort gereicht. Man darf nämlich auf keinen Fall einschlafen, wenn sie drin sind, sonst ersticken die Augen.«

»Also, ich schlafe ständig ein«, sagte Philippa. »Wirklich in null Komma nichts.«

Der Zug war in die Station King's Cross St. Pancras eingefahren. Julie und Philippa beobachteten eine junge Frau, die sich mit Koffer, umgeschnalltem Baby und zwei Kleinkindern mühsam einen Weg in den überfüllten Wagen bahnte.

»Bin ich froh, dass ich das hinter mir habe«, sagte Philippa mit stiller Inbrunst.

»Ja, aber was kommt jetzt? Ständig liest und hört man, wir würden jetzt selbstbewusster werden, uns ohne einen Blick zurück von den Kindern lösen und unser eigenes Leben leben. Sobald das Östrogen versiegt, sollen wir die Mutterrolle aufgeben.«

»Klingt nicht sehr plausibel«, meinte Philippa nachdenklich. »Nein, so funktioniert das nicht. Ich werde wirklich noch gebraucht von meinen Kindern. Und was ist mit den alten Eltern?«

»Hör mir bloß damit auf!« Julie stöhnte. »Ständig die M1 rauf und runter, wie ein Jo-Jo!«

HOLLOWAY ROAD

Philippa erzählte Julie von weiteren Entdeckungen im Internet. Sie hatte erstaunlich viele ehemalige Klassenkameraden aus der gemeinsamen Schulzeit in New Addington ausfindig gemacht. Suzanne Fowler hatte den Jungen mit dem Auto geheiratet, der sie immer von der Schule abgeholt hatte. Sie war Krankenschwester geworden, hatte drei Kinder bekommen und war inzwischen geschieden. Hilary Trundle, die nach der Mittleren Reife abgegangen war und dann bei Dolcis gearbeitet hatte, wurde mit Tamoxifen gegen ihren Brustkrebs behandelt und schrieb darüber in einem eigenen Blog. Und Tina Jakes hatte sich mit Englischunterricht von einem südostasiatischen Land zum nächsten gehangelt und führte jetzt ein Kampfsport-Zentrum in Thornton Heath.

»Tina Jakes? Die Korbball-Queen?«

»Genau die.«

»Dieser Zug fährt auf der Piccadilly Line bis Cockfosters«, verkündete eine laute Stimme. Während der Wiederholung der Ansage unterbrachen die beiden Frauen ihr Gespräch.

»Piccadilly«, sagte Julie versonnen. »Piccadilly. Rhythmus! Erinnerst du dich an die Frau von der Sekretärinnenfachschule, die mal in die Schule kam und mit uns sprach? Das war damals die dritte Möglichkeit, wenn man keine Lust hatte, Lehrerin oder Krankenschwester zu werden. Weißt du noch, wie sie uns die Ausbildung mit dem Hinweis schmackhaft machen wollte, dass wir vielleicht eines Tages Chefsekretärin eines bedeutenden Mannes sein würden? Wie die Karotte vor der Nase.«

»Man hat uns beigebracht, anderen zu dienen, so war das!«, sagte Philippa.

»Und dann hat sie uns vor den Wörtern mit schwieriger Rechtschreibung gewarnt. Keine anständige Sekretärin würde sich je mit einem falsch geschriebenen ›Piccadilly‹ oder ›Rhythmus‹ blamieren.«

»Doppel-C? Ein oder zwei Hs? Nur drei von uns sind an die Uni gegangen. Aber das war damals ganz normal.«

»Und kaum waren wir mit der Uni fertig, kamen die Computer auf, und damit hatte sich der Fall«, fuhr Julie fort. »Heute sind Sekretärinnen eine aussterbende Spezies, genau wie Bergleute. Wir sind noch keine fünfzig, aber dass es in unserer Jugend noch keine E-Mails gab, macht uns zu vorsintflutlichen Wesen.«

»Vorsintflutlich – ein Superwort! Man merkt, dass du Englisch studiert hast.«

»Ja, buchstabieren kann ich es, aber nicht lesen«, knurrte Julie.

»Du könntest sie dir natürlich auch lasern lassen. Allerdings hat mir meine Konrektorin erzählt, dass es bei ihr ganz ohne Narkose gemacht wurde. Sie haben ihr die Lider mit Klammern auseinandergezogen, und es hat schrecklich verbrannt gerochen.«

»Iih! Wie in dem Film mit dem Augapfel und der Rasierklinge – wie hieß der noch gleich? Du weißt schon, dieser französische Schwarz-Weiß-Film mit der Wolke, die vor dem Mond vorbeizieht.«

»Keine Ahnung.«

»Das wird mir wieder einfallen!«, sagte Julie wild entschlossen.

ARSENAL

»Ich mag gar nicht dran denken, wie teuer die war, und ich verliere sie einfach...«, sagte Julie. »Erinnerst du dich an dieses Gedicht übers Verlieren? Die Armbanduhr der Mutter, da da, da da. Weiß nicht mehr, von wem das ist. Ich glaube, ich verliere noch den Verstand.«

»Du hast sie nicht verloren. Sie wartet in Cockfosters auf uns.«

»Der Optiker meinte, im Schnitt werden die Augen mit siebenundvierzig schlecht, und ich habe natürlich eine Punktlandung hingelegt. Was ich dem Mann letztes Jahr an Geld rübergeschoben habe!«

Sie schweigen. Schlingernd verließ der Zug in gefährlich hohem Tempo den U-Bahnhof Arsenal.

Eigentlich war ich schon immer eine Verliererin, dachte Julie. Mit elf habe ich fast jeden Donnerstag die Schwimmtasche im Bus liegen lassen. Sie spürte wieder den nassen, mit einem Gummiband zusammengehaltenen Pferdeschwanz, aus dem auf der quälend langen Fahrt zum Fundsachenlager im Busdepot das Chlorwasser tropfte. Dann die vielen Schlüssel im Lauf der Jahre, ganz zu schweigen von den Handschuhen … Kenne ich gar nicht anders von mir, dachte sie; ist aber vielleicht eine gute Übung für die Zukunft, auch wenn ich mich noch immer nicht daran gewöhnt habe.

TURNPIKE LANE

Die Zahl der Fahrgäste hatte sich verringert; Julies und Philippas Wagen war nur noch halb voll.

»Wir geraten ja jetzt angeblich in eine völlig neue Gefühlslage«, sagte Julie, gedanklich wieder ganz woanders. »Wozu sind wir überhaupt noch da, wenn sie doch alle an der Uni sind und wir keine Kinder mehr kriegen können oder höchstens noch ein, zwei Chancen auf ein letztes haben?«

»Nie und nimmer!«

»Also, ich bin nicht traurig darüber«, fuhr Julie fort.

»Dass du keine Kinder mehr bekommst?«, fragte Philippa vorsichtig.

»Ja. Ich finde es okay, solange nicht gleichzeitig auch der Sex aufhört.«

»Ach, na ja …«

»Wie?«

»Ach, er ist so ein Muffel. Du hast ihn ja gestern Abend erlebt. Erst nach einem Schubs von mir hat er vom Fußball weggeguckt und dich begrüßt.«

»Er war eben müde.«

»Nein, so ist er immer.«

»Elizabeth Bishop!«, rief Julie. »Von der ist das Gedicht. Hab ich's doch gewusst, dass es mir wieder einfällt!«

»Bravo«, sagte Philippa.

BOUNDS GREEN

Kurz nach Bounds Green kam der Zug zum ersten Mal über die Erde. Durch die Fenster sah man Hausdächer und ein kleines Gaswerk.

»Als Ellie zum Studium nach Leeds ging, haben wir eine Trennung auf Zeit beschlossen«, erzählte Philippa. »Keiner ist ausgezogen oder so, das wäre zu teuer gewesen, aber wir haben uns gegenseitig Raum gegeben. Du weißt schon.«

»Das tut mir leid.«

»Nein, alles in Ordnung. Letztlich sind wir ja zusammengeblieben, und über Weihnachten fliegen wir nach Thailand. Aber interessant war es schon. Er hat sich damals sofort auf einer Website namens NewPartner angemeldet. Ich habe das Passwort in null Komma nichts rausgefunden und mich jeden Tag in seinen Computer eingeloggt und mir die Frauen angesehen, die ihm zugezwinkert haben...«

»Zugezwinkert?«

»… Ja, das heißt so. Und dann habe ich die ganze Liste immer wieder gelöscht.«

»Wow«.

Philippa zuckte mit den Achseln. »Ich kenne ihn eben. Er hat sich als fit und athletisch beschrieben, genau wie alle anderen Männer Mitte, Ende fünfzig. Und die Frauen haben von Spaziergängen im Regen und von Kinobesuchen geträumt, womit man sich ja genauso viel vormacht.«

»Wirklich?«

»Dabei wollen die überhaupt nicht ins Kino, verstehst du? Mehr als samstagabends eine DVD mit irgendeinem Essen zum Mitnehmen schaffen die doch gar nicht.«

ARNOS GROVE

»Ich sehe nicht mal mehr genau, was da draußen ist«, sagte Julie angestrengt aus dem Fenster blickend. »Ungefähr so, als ob man nicht lesen oder eine Biene nicht von einer Wespe unterscheiden könnte.«

»Du brauchst eine Gleitsichtbrille.«

»Hab ich doch. Genauer gesagt: Hatte ich.«

»Meine Mutter sagt, ihre hat ihr ganzes Leben verändert, aber man kann damit nicht die Treppe runtergehen, und im Theater muss man im Parkett sitzen, auf keinen Fall im Rang«, sagte Philippa.

»Warum?«

»Weiß ich auch nicht. Jedenfalls ist Gleitsicht richtig teuer.«

»Ich will, dass es wie früher ist. Ich will ein Buch lesen *und* aus dem Fenster schauen können. Wenn ich sie wiederbekomme, muss ich sie ständig tragen, schon klar. Ich finde es nur so schade, auch noch das letzte bisschen zu zerstören, das übrig ist. Reine Eitelkeit.«

»Mach einfach das Beste daraus«, schlug Philippa vor. »Eine ältere Frau mit Brille nimmt niemand wahr – du könntest sogar ungestraft mit einem Mord davonkommen.«

»Stimmt«, sagte Julie lachend.

OAKWOOD

Die U-Bahn hatte abgebremst und war außerhalb der Station Oakwood zum Stehen gekommen. Julie und Philippa blickten auf die zwischen den Gleisen wachsenden Birken.

»Es nervt, dass man nicht weiß, wie lange man noch hat«, sagte Julie.

»Dreißig Jahre«, sagte Philippa. »Vierzig!«

»Oder zehn. Oder zwei. Man müsste es irgendwie spüren, das wäre gut. Dann könnte man sich alles besser einteilen. Geld zum Beispiel. Man wüsste, ob man sich Sorgen um die Pension machen muss. Oder wenn man nur noch ein Jahr hätte, könnte man alles auf einmal für einen richtig tollen Urlaub ausgeben.«

»Das wäre aber ein ziemlich deprimierender Urlaub,

wenn man wüsste, was danach kommt«, sagte Philippa.

»Man dürfte es natürlich nur unbewusst wissen.«

Aus den Lautsprechern dröhnte eine Durchsage. »Nächster Halt Cockfosters, Endstation. Wir bitten Sie, keine Gegenstände im Zug liegen zu lassen.«

»*Jetzt* sagen sie's! Aber, Philippa, je länger ich darüber nachdenke, umso klarer wird mir, dass wir es uns gut gehen lassen und nur noch das tun sollten, was wir wollen. Schließlich können wir jetzt jede Sekunde einen Schlaganfall bekommen und behindert sein oder sogar vom Hals abwärts gelähmt!«

»Einen Schlaganfall?«, wiederholte Philippa glucksend. »Und warum keinen Herzinfarkt oder Krebs?«

»Weil ich gestern in der Zeitung etwas darüber gelesen habe. Man erkennt einen Schlaganfall oft nicht sofort, deshalb muss man die Leute auffordern, die Zunge rauszustrecken. Das ist der neueste Test.«

COCKFOSTERS

Während der Zug in die Endstation einfuhr, zeigten sie sich gegenseitig kichernd die Zunge, als wären sie noch die albernen Schulfreundinnen von einst.

Auf dem Bahnsteig standen sieben, acht Putzleute mit Mülltüten und Greifzangen und warteten auf ihren Einsatz in den U-Bahnwagen.

»Die sehen ziemlich tüchtig aus«, sagte Philippa beeindruckt.

»Sehr sogar.«

»Die Leute vergessen eben ständig Sachen, lassen dauernd irgendetwas liegen.«

»*Un chien andalou!*«, rief Julie. »Der Film, von dem ich dir vorhin erzählt habe!«

Sie stieß triumphierend die Faust in die Luft.

»Bravo«, sagte Philippa.

Gut gelaunt verließen sie mitsamt der Gleitsichtbrille das Büro des Bahnhofsvorstehers, und ihre Stimmung wurde immer besser. Auf dem Querbahnsteig, der in hellem Sonnenlicht lag, hielten sie abrupt an und blieben eine Weile blinzelnd und lächelnd nebeneinander stehen.

»Der Zug endet hier«, tönte es durch die Lautsprecher. »Cockfosters. Hier ist Endstation.«

»Nicht für uns!«, rief Philippa und tätschelte lachend den Arm ihrer Freundin.

Nach einem Blick auf die Abfahrtstafel gingen sie rasch zum gegenüberliegenden Bahnsteig, wo schon der nächste Zug im Leerlauf bereitstand, um sie in die Stadt zurückzubringen.

Torremolinos

Im Gang kam Unruhe auf. Dann wurde ein Bett an die freie Stelle neben mir geschoben. Der Kerl in dem Bett schielte von seinem Kissen her zu mir hinüber, und ich schielte von meinem zu ihm hin.

»Mann, sehen Sie fertig aus«, sagte er nach einer Weile.

Mann, dasselbe könnte ich von dir behaupten, dachte ich; kein schlechter Bluterguss da mitten im Gesicht. Aber anstatt es zu sagen, krächzte ich: »Nicht so fertig, wie ich war.« Was stimmte.

»Warum hat man Sie hier eingeliefert?«, wollte der Mann wissen.

»Dreifach-Bypass.«

Ich war müde. Ich schloss die Augen und muss wohl eingedöst sein. Als ich aufwachte, beobachtete mich der Mann noch immer.

»Alles gut?«, fragte er.

»Ja danke«, stieß ich mühsam hervor.

»Es ist nämlich so.« Er senkte die Stimme, und ich

konnte ihn nur noch mit Mühe verstehen. »Es ist nämlich so: Ich bin von nebenan.«

»Von nebenan?«

»Vollzugsanstalt«, sagte er im gleichen gedämpften Ton.

Ja, natürlich, dachte ich, das Krankenhaus steht neben dem Gefängnis. Ich hatte mein Nahtoderlebnis noch nicht zur Gänze bewältigt und war an zahlreiche Schläuche angeschlossen.

»Und warum hat man *Sie* eingeliefert?«, fragte ich – schließlich hatte er mir die gleiche Frage gestellt.

»Schwere Körperverletzung.«

»Nein, das habe ich nicht gemeint«, sagte ich leicht verwirrt.

»Acht Jahre haben sie mir aufgebrummt.«

»Sie wurden reingelegt, oder?«

»Kann man so sagen«, erwiderte er. »Ja, könnte man so sagen.«

»Ich auch, nämlich hier rein. Womit wir schon zu zweit wären. Aua, ich darf nicht lachen, sonst zerreißt es mich.«

Er begann vor sich hin zu kichern, hehehe.

Während ich dalag und mich bemühte, meine Eingeweide beisammenzuhalten und nicht zu lachen, fiel mir ein, wie sehr es mich als Kind erschreckt hatte, als mein Vater einmal etwas von einem Jungen auf einem Friedhof vorlas, zu dem ein Verbrecher »Ich reiße dir Herz und Leber aus dem Leib« oder so ähnlich sagte.

»Ganz unter uns – ich habe behauptet, ich hätte einen Herzinfarkt«, teilte er mir mit.

»Aha.«

»Können Sie mir einen Gefallen tun, Mann?«

»Wie bitte?«

»Erzählen Sie mal, wie es so ist.«

»Ein Herzinfarkt?«

»Ja, damit ich es den Ärzten dann so beschreiben kann, wenn sie kommen. Dann müssen sie mich hierbehalten und Untersuchungen machen.«

»Ach so«, erwiderte ich, dachte aber nicht weiter darüber nach.

»Ich hatte mal ne Pause nötig.«

Sehr verständlich, sagte ich mir.

»Zuerst ist es ein Gefühl, als würde sich ein Finger mit aller Kraft in die Brust bohren, bis man nicht mehr atmen kann. Dann kommen die Schmerzen in der linken Schulter, die strahlen über den Hals bis zum Kinn hinauf aus.«

»Bis zum Kinn hinauf«, wiederholte er, nachdenklich seine Bartstoppeln reibend.

»Ja, wie ein Schraubstock. Man fühlt sich wie in einen Schraubstock eingespannt und beginnt irrsinnig zu schwitzen.«

Ich erinnerte mich nur sehr ungern daran.

»Wie ein Schraubstock«, sagte er. »Das ist gut. Danke.«

Er drehte den Kopf weg und starrte an die Decke.

»Und wie ist es so, nebenan?«, fragte ich ihn nach einer Weile.

Langsam wendete er mir sein großes, ausdrucksloses Gesicht wieder zu.

»Langweilig.«

»Sagen Sie, Ihr Vater wäre an einem Herzinfarkt gestorben. So was liegt oft in der Familie.«

»Ist er auch.«

»Spielen Sie's ein bisschen hoch. Und entschuldigen Sie, wenn ich persönlich werde, aber Sie sind ja auch ziemlich kräftig.«

»Hundertdreißig Kilo.«

»Das ist gut. Wenn sie fragen, sagen Sie, dass Sie gern deftig essen und stark salzen.«

»Wäre nicht mal gelogen«, murmelte er.

»Sehen Sie!« Ich schloss die Augen.

Ich spürte, wie erschöpft ich war. Ich hatte mich noch nicht daran gewöhnt, dieser arme alte Wicht in diesem Bett zu sein, dessen Brustkorb mit Draht zusammengehalten wurde und dessen linkes Bein dick einbandagiert war.

Am Abend vor der Operation, nach der Unterzeichnung eines Formulars, auf dem stand, dass an meinem eventuellen Tod niemand schuld sein würde, und nachdem mir der Chirurg berichtet hatte, mein Herz sei so groß wie eine Faust – ja, sehr merkwürdig... Nachdem also alle weg waren, lag ich im Bett und betrachtete durchs Fenster einen wunderschönen Baum, dessen Äste sich gemächlich im Wind wiegten, und dachte über mein Leben nach und über die vielen tollen Dinge, die ich gemacht hatte.

Hinterher, als ich aufwachte, steckte ein dicker Schlauch in meinem Hals, genau das, wovor ich mich gefürchtet hatte. Das war meine große Angst gewesen – beim Aufwachen an einem Beatmungsgerät zu hängen und einen Schlauch im Hals zu haben. Die Krankenschwester brachte Stift und Papier, und ich schrieb *Wie lange Schlauch drin?*. Zehn Minuten, sagte sie. Aber sie nahm den Schlauch dann ziemlich bald raus, und da wusste ich, dass ich mir keine Sorgen mehr zu machen brauchte.

Als Nächstes – aber daran kann ich mich nicht erinnern – schrieb ich *Bin so glücklich*, riss das Blatt vom Block und gab es ihr; und dann immer wieder, erzählte sie mir später, ein Blatt nach dem anderen, bis keins mehr da war.

Ich schlug die Augen auf. Mein Bettnachbar beobachtete mich noch immer.

»Ein schönes Nickerchen haben Sie da gerade gemacht«, sagte er fast zärtlich.

»Ich bin die ganze Zeit so müde«, krächzte ich.

»Und wann werden Sie entlassen?«

»In drei Tagen. Kaum zu glauben, aber hat die Schwester heute gesagt.«

»Sie sind ziemlich mitgenommen. Sie müssen sich ausruhen«, sagte er.

Das Bild einer friedlichen Szenerie blitzte in mir auf, ein Strand mit unglaublich vielen sich sonnenden Leuten, wie diese chinesischen Terrakottasoldaten, nur dass sie natürlich nicht standen, sondern lagen.

»Wir sind im Urlaub!«, sagte ich grinsend.

Ich war wahnsinnig glücklich. Und ich glaubte zu schweben.

»Genau«, sagte mein Bettnachbar. »Wir sind an der Costa Brava, hehehe.«

»Nicht zum Lachen bringen!«, flehte ich.

Ich hatte zwar eine Riesenangst, meine Wunde könnte aufreißen und mein Herz herausfallen, aber das Gefühl schieren Glücks war stärker. Auch wenn das Krankenhausbett nicht gerade eine gepolsterte Sonnenliege war, stand es doch immerhin auf und nicht unter der Erde.

»Torremolinos!«, rief der Mann im Nebenbett. »Hehehe.«

»Aufhören!«, bettelte ich, hielt mir die Seiten und versuchte so behutsam wie möglich zu lachen.

Erewhon

03:29

Dummerweise hatte er die Augen aufgemacht und sah nun die Uhrzeit. Keine vier Stunden. Wieder einschlafen konnte er vergessen. Hämisch hingen die giftgrünen eckigen Ziffern im Dunkel. Der nächste Tag würde scheiße werden. Und Ella schnarchte neben ihm weiter und bekam nichts mit.

Innerhalb von zehn Sekunden war er so hellwach, wie sie tief im Schlaf versunken. Nein, zu Beginn war es anders gewesen zwischen ihnen, aber jetzt war es eben so. Sie verstand einfach nicht, wie schwer es war, wie schwer er es fand, den Haushalt zu schmeißen, sich um die Kinder zu kümmern und obendrein einen Ganztagsjob zu stemmen. Dass sie das nicht selbst sah, erstaunte ihn nicht nur – er fand es geradezu peinlich. War es ihr egal? Aber wenn er etwas sagte, wurde sie sauer und ging aus dem Zimmer.

03:32

Denk an etwas anderes. Nächste Woche stand die Unterrichtsüberprüfung an. Der nächste Reifen, durch den er springen musste. Sein Vorgesetzter würde hospitieren, und wenn er eine hervorragende Bewertung bekommen wollte, mussten sich während der Inspektion bei sämtlichen Schülern außergewöhnliche Fortschritte feststellen lassen. Schon der Gedanke daran trieb ihm den Schweiß auf die Stirn.

Am liebsten würde er künftig nur noch in Teilzeit arbeiten. Aber das kostete Mut, den musste er erst mal aufbringen. Dave Sweetland war bereit, eine Stelle mit ihm zu teilen, falls sie es beim Direktor durchbekamen. Teilzeit würde es ihm ermöglichen, auch mal etwas anderes als immer nur Spaghetti zu kochen. In Teilzeit würde er Colin öfter bei den Hausaufgaben helfen und ihn generell besser im Auge behalten können – er machte sich Sorgen um ihn. Außerdem hätte er dann Zeit für die drögen, aber notwendigen Dinge; den Heizungskessel reparieren beispielsweise oder mit Daisy zum Zahnarzt gehen und die Schularbeiten bis Mitternacht fertig korrigieren. Ein völlig anderes Leben. Aber Ella müsste er es ganz behutsam beibringen.

Und das war schwierig. Er brauchte nur den falschen Ton anzuschlagen, schon brüllte sie und weigerte sich, ihm zuzuhören. Der reinste Eiertanz. Weiblicher Stolz. Auf jeden Fall würde er es als ihre ureigene Idee präsentieren müssen. Wenn er ihr klarmachen konnte, dass sich auch ihr Leben dadurch verbesserte, würde es klappen.

Schaudernd drehte er sich auf die rechte Seite und rollte sich wie ein Embryo ein. Immer wenn er etwas sagte, kam sie ihm mit irgendwelchen Männern aus dem Krankenhaus, in dem sie als Technische Leiterin tätig war, arbeitenden Vätern, die alles problemlos und ohne Gejammer schafften.

Sie würde mit dem Geld argumentieren. Aber ohne Teilzeit würde er krank werden.

03:37

Hör auf zu grübeln. Bei tausend beginnen und rückwärts zählen. Neunhundertneunundneunzig. Da, das nächste gute Grübelthema – ob es richtig war, zu verschweigen, was er beim letzten Elternsprechabend gehört hatte. Der Vater von Timothy Tisdall hatte während der obligatorischen vier Minuten vor ihm gesessen und ihm mit Tränen in den Augen flüsternd berichtet, wie sehr er unter seiner Frau leide, die als Polizistin genau wisse, wohin man schlagen müsse, ohne Spuren zu hinterlassen. Er könne sie natürlich nicht anzeigen und bitte dringend darum, dass auch er es nicht melde, aber irgendjemandem habe er es einfach erzählen müssen, und danke fürs Zuhören, da fühle man sich gleich viel weniger allein.

Manchmal schubste oder stieß Ella ihn ein bisschen, aber sie schlug nie zu. Neunhundertachtundneunzig.

Kein schöner Gedanke, dass die überwältigende Mehrheit der ermordeten Männer von ihren eigenen Ehefrauen umgebracht wurden.

03:41

Er musste Whisky nachkaufen. Ellas Mutter war die nächste dunkle Wolke am Horizont. Eine überhebliche, enorm trinkfeste Mittsechzigerin, erst seit Kurzem von ihrem leidgeprüften zweiten Ehemann geschieden, den sie durch einen Mann ersetzt hatte, der nicht einmal halb so alt war wie sie und gerade eine Ausbildung zum Barista absolvierte. Die beiden hatten sich für das Wochenende zum Mittagessen angekündigt; wahrscheinlich würde er Spaghetti machen. Für alles andere fehlten ihm schlicht die Zeit und die Energie. Ella würde nicht erfreut sein.

Schon schwierig, dass reifere Frauen mit dem Alter attraktiver wurden, während die Männer ihre sexuelle Anziehungskraft verloren. Eine Ungerechtigkeit der Natur. Unsere Haut ist so viel rauer, dachte er, wir kriegen früher tiefe Falten und große Poren, und alles wird schneller schlaff. Und das Ungerechteste überhaupt war natürlich, dass Männer Glatzen bekamen. Einem Vierzigjährigen bringt niemand mehr Respekt entgegen, schon gar nicht, wenn ihm die Haare ausgehen.

03:48

Und wie die Medien Männer über vierzig diskriminierten! Immer diese Zooms auf den dicken Bauch, die dünnen Waden, die hängenden Ohrläppchen. Ihm machte außerdem das sich bereits abzeichnende Doppelkinn zu schaffen. Ella war es auch schon aufgefallen – erst neulich hatte sie seine Wangen als Hängebäckchen bezeichnet und in ein erstes kleines Schwabbelröllchen gekniffen, während sie so tat, als würde sie ihn unterm Kinn kraulen.

Konnte es nicht zur Abwechslung mal ein positives Rollenbild für Ältere geben? Auf Schritt und Tritt begegnete man Bildern von jungen, halb nackten Männern, bei deren Anblick man sich im eigenen Körper ganz schrecklich fühlte. Auf seinem Weg zur Arbeit wurde er regelmäßig von riesigen Plakaten mit Waschbrettbäuchen, definierten Sixpacks und durchtrainierten Bizepsen tyrannisiert.

In dem kläglichen Versuch, sich dagegen zu wehren, führte er in letzter Zeit einen Guerillakrieg am Kiosk. Bei jedem Zeitungskauf beklebte er einige der Kerle auf den Titelseiten der Frauenmagazine mit Post-it-Zetteln, die er vorab beschriftet hatte: UND WENN DAS IHR SOHN WÄRE?

03:50

Immer tiefer drang er in das Labyrinth der Grübeleien ein und konzentrierte sich nun auf Colins Blässe und Schweigsamkeit. An seinem kleinen Colin hatten sich schon früh die Zeichen eines wackeligen Selbstwertgefühls gezeigt, und jetzt, mit dreizehn, sah es ganz nach einer Liebäugelei mit der Magersucht aus. Und es gab eine zweite Sache, die ihn sogar noch mehr besorgte – das Ritzen. Ella würde er davon aber erst einmal nichts erzählen.

Daisy dagegen wusste mit ihren neun Jahren genau, was sie wollte, und selbst beigebrachte Hautverletzungen zählten definitiv nicht dazu. Sie war schon jetzt süchtig nach den hirnlosesten Computerspielen, in denen sich alles um Gewalt und Geballer drehte. An den Wochenenden musste man sie meilenweit zu ihren Yoga-Regionalliga-Wettkämpfen kutschieren – demnächst stand wohl ein Turnier in Birmingham an. Ella war total begeistert. Er selbst hatte nichts dagegen und war natürlich auch stolz auf Daisy; außerdem konnte er während der stundenlangen Warterei vor den diversen Sportstätten weiterkorrigieren. Hin und wieder ein Dankeschön wäre aber nicht verkehrt gewesen.

Er musste endlich aufhören, sich ständig zu beklagen.

Was für ein Versager er doch war! Kein Wunder, dass Colin bei diesem Rollenvorbild kaum Selbstbewusstsein entwickeln konnte.

War er ihm überhaupt ein guter Vater? Diese Frage trieb ihn am allermeisten um – ihn und die anderen

Papas. Endlos quälten sie sich damit herum, ob sie nun gute Väter waren oder nicht.

04:04

Sein Herz schlug auffällig langsam. Als würde es sich einen Berg hinaufschleppen. Poch. Poch. Poch.
Und jetzt raste es! Da stimmte etwas nicht. Wie unerfreulich, dass er noch immer die Pille nehmen musste.
Seine vier Großeltern waren alle an einem Schlaganfall oder Herzinfarkt gestorben, aber Ella hasste Kondome, weil sie angeblich das Gefühl beeinträchtigten.

04:08

Als er sich gestern Abend auszog, hatte sie unverschämterweise gesagt: »Diese Unterhose wird langsam langweilig.«
»Da ist sie nicht die Einzige!«, hatte er zurückgeblafft. Irgendwann war auch bei ihm die Schmerzgrenze erreicht. Es war völlig klar, dass sie nicht nur seine Unterhose kritisiert hatte.
Danach hatte sie sich von ihm heruntergerollt und war laut schnarchend eingeschlafen.

04:13

Er sollte unbedingt auch an seine eigene Befriedigung denken. Aber es fiel ihm nun einmal wesentlich leichter, herauszufinden, worauf sie stand, und das zu tun, was für sie funktionierte. Leider brauchte er selbst Geduld und Ermutigung. Ohne ein mindestens fünfminütiges Vorspiel ging nichts bei ihm.

»Oh Mann, nun krieg ihn endlich hoch und mach weiter!«, hatte sie ihn neulich nachts angefaucht – sich kurz darauf allerdings dafür entschuldigt, wie er fairerweise zugeben musste. Trotzdem nahm er ihr die unpersönliche Forderung nach Sex und die grundsätzliche, sture Verweigerung gemeinsamer Gespräche sehr übel. Dazu kamen das kaum unterdrückte Rülpsen, die kleinen, verstohlenen Fürze, die sie so wahnsinnig witzig fand, die auf dem Boden verstreute Unterwäsche und der Zustand, in dem sie das Badezimmer jeden Abend zurückließ. Wie ein Saustall sah es dort aus, wenn sie rauskam.

04:21

Draußen zwitscherte ein Vogel, und an den Seiten des Vorhangs drang schon das erste Licht herein. Ohne große Hoffnung schloss er die Augen und begann die Äpfel an einem imaginären Baum zu zählen.

04:22

Nein, das brachte nichts. Er würde es mit der Methode versuchen, die ihn schon beim Drandenken müde machte: eine endlose Wendeltreppe hinaufgehen.

Ella sah sich heimlich im Internet Pornos an. Deshalb kam sie auch immer so spät ins Bett – »Hab nur schnell meine Mails gecheckt«. Sie wusste nicht, dass er es wusste, und er würde sie auch nicht darauf ansprechen. Aber er brauchte nur an ihren Laptop zu gehen, schon hatte er die Beweise – »Gefüllte Eier«, »Popp-Festival«. Alles mit diesen potenten, perfekten Männern.

Die Argumente, dass es gang und gäbe sei, dass sich jeder Pornos ansehe, dass es einfach eine Möglichkeit zur Entspannung darstelle, verstand er durchaus, aber trotzdem sträubte sich etwas in ihm dagegen.

»Du Masku-Nazi!«, sagte Ella immer, wenn er etwas sagte. Er hasste es, wenn sie ihn so nannte. Es ist aber wichtig, mehr Männer aus der Prostitution herauszuholen und mehr ins Parlament zu bringen, behauptete er, und Ella reagierte jedes Mal mit einem mitleidigen »Ja klar, Liebling«.

Fairerweise musste er zugeben, dass sie hin und wieder tatsächlich zuhörte, wenn er über das ungerechte System wetterte, und seine unwiderlegbaren, weil sämtlich auf Tatsachen basierenden Ansichten sogar teilte, aber an einer Veränderung hatte sie nicht das geringste Interesse. Warum auch? Für sie lief es fantastisch.

04:30

Er verstand durchaus, warum er innerhalb der familiären Hackordnung an letzter Stelle gelandet war. Einer musste eben dran glauben, und dieser eine war bestimmt nicht Ella. Und den Kindern diesen Platz zuzuweisen, brachte er nicht übers Herz.

Er fand es schlimm, dass sie immer so rücksichtslos über ihn hinwegging und alle wichtigen Entscheidungen – in Bezug auf Geld oder auf seine Arbeitszeit – ohne ihn traf. Aber er wollte sich keinesfalls den Vorwurf einhandeln, ein ewiger Nörgler zu sein, und Widerspruch kam bei ihr gar nicht gut an.

04:33

Das Ganze deprimierte ihn ziemlich. Deshalb hortete er ja auch überall im Haus Schokolade. Eine gute Frau war schwer zu finden, sagte er sich bei jedem Stück Trauben-Nuss. Seine Wampe wurde davon zwar nicht kleiner, aber es war das Einzige, was er noch hatte.

04:42

»Sind Frauen vielleicht einfach nicht so nett wie Männer?« Die Frage war ihm beim letzten Treffen seines Lesezirkels herausgeplatzt.

»Auf jeden Fall haben sie weniger Skrupel als wir«, hatte Mike erwidert und versonnen seine Fingernägel betrachtet. »Der eigentliche Unterschied besteht darin, dass sie sich besser abgrenzen, sich besser ausklinken können. Und natürlich sind sie ehrgeiziger als wir.«

»Ich wäre auch ehrgeizig, wenn man mich ließe!«, hatte David lachend eingeworfen.

Da hatten sie alle gelacht.

»Es ist das berühmte alte Dreier-Dilemma«, hatte Dave gesagt. »Man kann zwei von drei Sachen haben, aber nicht alle drei. Man kann die Frau und den Job haben oder die Frau und die Kinder, aber nie die Frau *und* den Job *und* die Kinder.«

»Warum eigentlich nicht?«, hatte er nachgehakt. »Die Frauen müssen sich nie für etwas entscheiden! Warum können sie alles haben und wir nicht?«

»So ist das Leben«, hatte Dave achselzuckend gesagt.

05:11

Letztlich ging es um Macht, aber er war noch nie ein politischer Mensch gewesen. Ella sprach nicht darüber. Sie machte sich schlicht nicht die Mühe, mit ihm zu reden, und Zuhören gab es bei ihr auch nicht. »Die Kinder betreuen?«, sagte sie gähnend, wenn er sie um ein paar freie Stunden bat. »Das ist deine Aufgabe, und die erledigst du gefälligst!« Mit ironischem Unterton, klar, aber so richtig lachen konnte er darüber trotzdem nicht. Ironie war ihr großes Ding; Ironie musste sehr oft die Drecksarbeit für sie erledigen. Und dann hieß es immer, er sei humorlos.

Unwillkürlich stieg Wut in ihm hoch.

»Du bist immer so *wütend*«, hatte sie ihn angefahren, als er sich das letzte Mal beklagte. »Weißt du, wie unattraktiv das ist?«

05:20

Er starrte auf die giftgrünen Ziffern und seufzte leise, als sie auf 05:21 sprangen. Seit fast zwei Stunden lag er nun schon auf diesem mentalen Folterrost und drehte und wälzte sich, bis er am ganzen Leib verkohlt war. An Schlaf war jetzt nicht mehr zu denken.

Neben ihm schnarchte sich Ella seelenruhig durch den Schlaf der Ungerechten. Der Zorn überrollte ihn wie eine Welle. Ja, er *war* wütend! Da grübelte er vor sich hin, ließ die Woche Revue passieren und dachte darüber nach, wie er ihre Beziehung verbessern könnte, während sie selbstzufrieden und völlig ungerührt schlief wie eine Murmeltierkönigin.

Konnte sie sich nicht auch ein bisschen Mühe geben, wenn sie ihn liebte? Sah sie nicht, wie ungerecht das alles war? Sie musste doch bemerkt haben, dass es mit seiner Lebensfreude seit der Geburt des ersten Kindes Jahr für Jahr abwärtsgegangen war. Wann hatte Ella den einsamen Entschluss gefasst, trotz Ehe ihr altes Leben beizubehalten und sich weder von häuslichen Pflichten noch von Familienangelegenheiten einschränken zu lassen? Und wie hatte sie ihn dazu gebracht, dabei mitzuspielen?

Entweder weiterhin mitspielen oder gehen, eine andere Möglichkeit gab es nicht. Sie jedenfalls würde ihm keinen Millimeter entgegenkommen.

Er liebte sie, er sehnte sich nach ihrem Respekt. Und sie liebte ihn auch. Wie sie ihn in dieser so offensichtlich ungleichberechtigten Beziehung mit dem größten Vergnügen ausnutzen konnte, wollte ihm nicht in den Kopf.

»Wenn ich lange genug herumnörgle, passiert ja durchaus etwas«, hatte er ihr im letzten Urlaub gesagt. »Aber eigentlich geht es mir darum, dass du dich auch mal besorgt zeigst, dich auch mal bemühst, nachzudenken und dich mit Gefühlen auseinanderzusetzen.«

»Aber das tust du doch für mich«, hatte sie lächelnd erwidert, und sie hatte recht gehabt.

Es galt als ausgemacht, dass Männer netter waren als Frauen, weniger egoistisch, fürsorglicher und moralisch überlegen. Na toll! Und damit sollte alles wieder im Lot sein? Ihm kam fast die Galle hoch angesichts dieser Ungerechtigkeit. Er drehte sich auf die andere Seite. Aber die Welt änderte sich nun mal nicht, nur weil er es wollte. Die Welt war nach dem Willen der Frau gestaltet, damit galt es sich abzufinden.

07:10

Als er aufwachte, war alles genau wie am Abend zuvor. Alles andere wäre ein Wunder gewesen. Und es hatte überhaupt keinen Sinn, auch nur einen einzigen seiner Nachtgedanken ans Tageslicht zu zerren, sagte er sich, während er den Vorhang zur Seite zog. Nichts würde sich ändern. Es war eben so, wie es war. Ganz naturgemäß.

Kentish Town

»Tja, was soll ich sagen«, sagte Nancy. »Tut mir jedenfalls leid. Der Vorschlag, *Die Silvesterglocken* zu lesen, war von mir. Ich bin darauf gekommen, weil ich es vor Jahren im Auto auf einer Hörkassette gehört habe, und als gesprochener Text war es ehrlich gestanden wesentlich besser.«

»Finde ich auch«, sagte Estella. »Nach diesem unglaublich langweiligen verschachtelten ersten Satz wollte ich fast schon aufgeben, aber am Ende war ich froh, dass ich drangeblieben bin.«

»Sehr gut«, erwiderte Nancy. »Man muss es vorgelesen hören. Das Buch braucht einen Schauspieler, so eine raue, kräftige Stimme und viel Theatralik.«

»Sorry, aber ich habe es nicht gelesen und es mir schon gar nicht vorlesen lassen«, sagte Dora. »Ich arbeite zur Zeit doppelt so viel wie sonst, weil eine andere Ärztin in der Praxis krank geworden ist, und kaum liege ich im Bett, bin ich schon weg.«

Die drei saßen an Nancys Küchentisch in Kentish

Town. Der Literaturzirkel traf sich zum letzten Mal in diesem Jahr, und zwei Mitglieder fehlten (Nell hatte die Grippe und Lizzies Vater eine Hüftfraktur). Von Rashmi war gerade eine Textnachricht mit der Mitteilung eingetroffen, sie sei in der Arbeit aufgehalten worden, werde es aber hoffentlich schaffen nachzukommen.

»Hast du eine Banane für mich? Ich sterbe vor Hunger«, sagte Dora. »Ich komme direkt aus der Praxis.«

Nancy griff in die Obstschale. »Du hättest absagen sollen. Du musst ja völlig erschöpft sein.«

»Absagen? Nie im Leben! Wenn ich heimgefahren wäre, hätte ich für alle kochen müssen. Außerdem wollte ich euch sehen! Das ist so ziemlich das Beste, was man abends machen kann – alte Freundinnen treffen, wo es warm ist und nichts kostet, wo man nicht mal reservieren muss und vor Wind und Regen geschützt ist!«

Einen Literaturzirkel wie ihren konnte es nur in einer Großstadt geben, weil nur dort die einzelnen Mitglieder ansonsten nichts miteinander zu tun hatten. Bei den monatlichen Sitzungen, die nun schon seit mehreren Jahren stattfanden, hatten sie sich gut genug kennengelernt und das nötige Vertrauen aufgebaut, um so offen miteinander zu reden, wie es nirgends sonst möglich gewesen wäre. Mittlerweile wussten sie sogar schon zu viel voneinander, als dass sie sich auch nur kurz mitsamt ihren Ehemännern und Kindern hätten treffen können.

»Auf unsere alte Freundschaft!«, sagte Nancy und schenkte nach. »Und auf den Eingang der Schule an der

Tackleton Road, ohne den wir uns wahrscheinlich nie kennengelernt hätten. Ein bisschen Studentenfutter, Dora? Oder Toast? Käse? Mir geht's gut, ich habe letzten Freitag aufgehört und rühre bis Januar keine Korrektur mehr an, aber du hast bestimmt wahnsinnig viel zu tun mit den vielen Virusinfektionen jetzt im Winter. Wann machst du eigentlich mal Pause?«

»An Weihnachten«, antwortete Dora.

»Ich auch«, sagte Estella. »Außerdem steht mir die berüchtigte Weihnachtsfeier morgen Abend in der Redaktion bevor.«

»Mein Mitleid hält sich in Grenzen«, erklärte Nancy. »Eine Party in einer Zeitungsredaktion ist garantiert glamouröser als warmer Weißwein in Plastikbechern im Lehrerzimmer. Ihr tragt da bestimmt alle Cocktailkleider.«

»Quatsch«, sagte Estella. »Das war übrigens mein letzter Coup: ›So überstehen Sie die Weihnachtsfeier‹ – fünfhundert Wörter in gerade mal dreiundvierzig Minuten. Nicht zu viel trinken, sich nicht auf den Kopierer setzen, eine Haarspange mit Glitzer tragen. In der gnadenbringenden Weihnachtszeit sondert man jedes Mal wieder denselben Mist ab wie im Jahr zuvor und im Jahr *da*vor.«

Dora lachte. »Ach was, genau darum geht es doch an Weihnachten, Estella. Die Leute wollen, dass es immer gleich abläuft. Das beruhigt sie – der Baum und der Truthahn und im Hintergrund läuft irgendeine Dickens-Geschichte.«

»Hör mir bloß mit dem auf«, knurrte Estella. »Dem haben wir das ganze Weihnachtsgedöns zu verdanken. Diese Woche musste ich die neuesten Geschenkideen zum Thema Ebenezer Scrooge vorstellen – Kleinigkeiten für den Weihnachtsstrumpf – und dann auch noch einen Artikel darüber schreiben, wie der große Autor seine Frau abserviert hat, inklusive Zitate eines zeitgenössischen Arztes, der sich damals über die Wechseljahre des Mannes äußerte.«

»Eigentlich habe ich *Die Silvesterglocken* vor allem deshalb ausgewählt, weil ich Dickens' *Weihnachtsgeschichte* umgehen wollte«, sagte Nancy. »Irgendeine von uns hat darum gebeten, dass wir im Dezember etwas Weihnachtliches lesen …«

»Ich bestimmt nicht«, murmelte Estella.

»Nein, ich glaube, es war Lizzie. Und als ich M. R. James vorschlug, hat Nell gesagt, sie gruselt sich vor Geistergeschichten. Aber Scrooge in seinem Nachthemd und Marleys blöden Türklopfer ertrage ich einfach nicht mehr. Drei Jahre hintereinander habe ich das bis zur Zehnten durchgenommen, weil es eine der kürzesten Erzählungen auf der Liste ist, was immer hoffen lässt, dass der eine oder andere Schüler sie vielleicht wirklich zu Ende liest.«

»Das war noch das Beste an den *Silvesterglocken*, dass es kurz war. Gerade mal achtzig Seiten«, sagte Estella.

»… und im Grunde läuft es in der *Weihnachtsgeschichte* doch nur darauf hinaus, dass man seine Seele retten kann, indem man einen Truthahn kauft, während sich

Die Silvesterglocken mit Alkoholismus und Prostitution und allen möglichen anderen aktuellen Themen beschäftigt.«

»Ding-dong.« Dora ahmte in leicht schrägem Singsang die Türglocke nach.

»Das ist Rashmi.« Nancy stand vom Tisch auf. »Nehmt euch noch Wein!«

Rashmi war direkt von Canary Wharf mit dem Taxi gekommen.

»Schicke Schuhe«, sagte Estella, als die Küsschen verteilt waren.

»Die trage ich nur, weil ich muss«, erklärte Rashmi. »Ohne bin ich nur eins siebenundfünfzig, und die Jungs, mit denen ich zusammenarbeite, sind auch so schon herablassend genug. Da sollen sie mir nicht auch noch den Kopf tätscheln.«

»Wenn ich High Heels tragen müsste, so wie früher die Stewardessen, würde ich keinen Tag überleben«, sagte Nancy. »Das würde mich wirklich umbringen.«

»Für Stilettos muss man zierlich sein, besser fünfzig als fünfundfünfzig Kilo. Damit kenne ich mich aus, ich habe mal ein Feature darüber geschrieben. Das hängt alles mit dem Schwerpunkt und dem Druck pro Quadratzentimeter zusammen.«

»Apropos – ich habe noch Mince Pies für euch.« Nancy drehte sich um und schaltete den Ofen ein.

»Ihr habt hoffentlich schon ohne mich angefangen«, sagte Rashmi. »Ich konnte das Buch nicht lesen. Habe rund um die Uhr gearbeitet.«

»Gut, dann steht es fifty-fifty«, sagte Estella. »Nancy und ich haben es gelesen, du und Dora hattet keine Zeit. Dann sollte Nancy jetzt vielleicht die Lehrerin machen und euch die Handlung erzählen, und ich füge das eine oder andere hinzu.«

»Klingt gut«, meinte Rashmi, trank einen großen Schluck Wein und streifte die Schuhe ab.

»Mit der *Weihnachtsgeschichte* hatte er im Alter von einunddreißig einen echten Verkaufsschlager gelandet«, dozierte Nancy. »Ein Jahr später schrieb er *Die Silvesterglocken*, um an diesen Erfolg anzuknüpfen. Bei öffentlichen Lesungen der Erzählung durch den Autor brachen die Zuhörer reihenweise in Tränen aus. Aber bereits in seinem allerersten Roman, *Die Pickwickier*, gibt es die Weihnachtsszenen in Dingley Dell, und die schrieb er schon mit einundzwanzig. Er war also offenbar von Anfang an ganz verrückt nach Weihnachten.«

»Abartig«, sagte Estella.

»Pickwick, das ist doch der kleine Dicke auf der Quality-Street-Dose, oder?«, fragte Rashmi.

»Als mein Sohn Olli zwei war und immer übers ganze Gesicht grinsend auf seinen Stampferchen durch die Gegend stapfte, nannte ich ihn Mr. Pickwick, ohne das Buch je gelesen zu haben«, erzählte Dora.

»Muss man auch nicht unbedingt gelesen haben«, sagte Estella. »Dickens ist einfach da, genau wie Shakespeare. Sein oder nicht sein. Bitte, Sir, ich möchte noch etwas mehr. Alles dasselbe.«

»Zurück zu den *Silvesterglocken*«, mahnte Nancy. »Anstelle des Geists der vergangenen Weihnacht haben wir hier die Geister der Glocken, die diverse Neujahrsbotschaften von sich geben. In den *Silvesterglocken* spielt sich die Handlung nämlich, wie schon der Titel sagt, nicht an Weihnachten, sondern an Silvester ab.«

»Silvester – auch so ein Horror«, knurrte Estella. »Also, in der Notaufnahme ist das die hektischste Nacht überhaupt«, sagte Dora. »Ich war mal an Silvester im Whittington Hospital in der Notaufnahme und musste allein in dieser einen Nacht sechs Brustkatheter legen. Massenhaft Stichwunden und Schädelfrakturen. Die Leute sind blutüberströmt aus den Pubs angetorkelt und haben sich oft sogar bei uns noch geprügelt. Ein unglaubliches Chaos.«

»Na schön«, sagte Nancy, »dann wollen wir jetzt Trotty Veck kennenlernen, unseren Helden, einen Londoner Dienstmann. Das war damals eine Kombination aus Gepäckträger und Postbote – habe ich nachgeschlagen. Trotty trug eine weiße Schürze und eine Dienstmarke und stand im Wesentlichen bei jedem Wetter vor der Kirche herum und wartete darauf, für ein paar Münzen Erledigungen zu machen.«

»Ja, er wärmt sich auf, indem er eher trottet als normal geht, daher der Name«, sagte Estella.

»Das moderne Pendant wäre wahrscheinlich der Motorradkurier«, warf Rashmi ein.

»Nur dass damals alle außer den Reichen zu Fuß gingen«, erwiderte Nancy. »Bob Cratchit lebte in Camden und ging jeden Tag per pedes zu Scrooges Kontor in der City. Das machten damals alle Angestellten. Zu Tausenden schleppten sie sich in aller Frühe schlaftrunken aus den Londoner Vorstädten zur Arbeit.«

»Vielleicht war das so ähnlich wie nach den U-Bahn-Bomben«, sagte Estella. »Da sind auch Tausende schweigend dahingetrottet. Es gab kaum noch Verkehr, so eine grausige Stille. Sehr befremdlich.«

»Dickens selbst war ja ein großer Spaziergänger«, berichtete Nancy. »Immer im selben Tempo, sechseinhalb Kilometer pro Stunde. Das brauchte er, um Dampf abzulassen. Er steigerte sich nämlich beim Schreiben so hinein, dass er jeden Abend fünfundzwanzig bis dreißig Kilometer durch London wandern musste, um wieder runterzukommen.«

»Dreißig Kilometer? Bist du sicher?«, rief Estella. »Das wären ja – warte mal – über viereinhalb Stunden ohne Pausen.«

»Ich glaube, ich muss das Buch doch noch lesen«, sagte Rashmi. »Der Mann war ja der reinste Dynamo. In Mumbai kommen die Angestellten übrigens mit dem Zug aus den Vorstädten zur Arbeit. Die Frauen kochen den ganzen Vormittag verschiedene frische kleine Gerichte und füllen sie in einen Henkelmann, der dann von einem Zusteller per Fahrrad abgeholt wird. Diese Lieferanten könnte man als moderne Trotty Vecks bezeichnen, nur dass sie Dabbawalas heißen. Die radeln auch zu Tausenden wie die Verrückten durch die Stadt und bringen den Angestellten täglich ein von ihren Frauen ganz individuell zubereitetes Mittagessen.«

»Wahnsinn!«, sagte Dora begeistert. »Stellt euch vor, ihr würdet jeden Tag selbst gekochtes Essen bekommen! Ich hole mir immer nur, was ich unterwegs kriegen kann – ein Sandwich, einen Mars-Riegel. Ich bin da nicht wählerisch.«

»Eine Banane«, bemerkte Estella.

»Genau, eine Banane«, gab Dora lachend zurück.

»Auf jeden Fall besser als das, was Trotty bekommt«, fuhr Estella fort. »Denn nun passiert Folgendes: Es ist kalt und regnerisch, und Trottys Tochter bringt ihrem Vater einen Korb mit dem Mittagessen, und zwar Kutteln.«

»Das kann nicht sein!«, sagte Dora. »Immerhin ist es von Dickens verfasst.«

»Doch, doch, in dem Korb sind Kutteln. Gekochte Kutteln.«

»Rindermagen«, ergänzte Rashmi. »In einigen Restaurants in der City findet man das inzwischen wieder auf der Speisekarte. Ich muss allerdings sagen, bisher konnte ich der Versuchung widerstehen.«

Sie rümpfte die Nase und trank einen Schluck Wein.

»Meine Großmutter hat die früher immer gemacht, mit viel Zwiebeln«, erzählte Estella. »*Sie* hat Dickens gelesen. Sonst zwar nicht viel außer dem *Mirror* und dem *People's Friend*, und andere Bücher gab es auch nicht im Haus, aber Dickens hat sie gelesen. Als Kind habe ich es auch mal mit ihm versucht, aber ich fand es langweilig, und sie meinte, zumindest sei er kein Snob gewesen.«

»Jedenfalls – also, das hat jetzt nichts mit den Kutteln zu tun – macht sich Trotty seit einiger Zeit ziemliche Sorgen«, sagte Nancy. »Er ist über sechzig und fragt sich, ob er eigentlich ein Recht auf Leben hat, obwohl er so arm und verschuldet ist. Moment, wo war noch gleich die Stelle, die ich mir angestrichen habe … Da – es geht um die Armen: ›Ich kann nicht herauskriegen, ob wir auf der Erde etwas zu schaffen haben oder nicht. Manchmal glaube ich es wohl – wenn wir auch nicht viel hier zu tun haben; manchmal aber meine ich wieder, dass wir nur Eindringlinge sind‹, sagt er da. ›Es sieht aus, als täten wir schreckliche Dinge und fielen ungeheuer beschwerlich; man beklagt sich immer über uns und trifft Verwahrungsmaßregeln. Ob so oder so – jedenfalls sind die Zeitungen von uns voll.‹«

»Ja, die Passage ist gut«, sagte Estella. »Etwas gekünstelt naiv, aber liebenswert. Und deshalb suchen ihn die Geister der Glocken in Form von Visionen heim und tadeln ihn dafür, dass er nicht positiver denkt.«

»In den *Silvesterglocken* geht es im Grunde darum, dass sich die Reichen einen Dreck um die Armen scheren«, sagte Nancy. »Dickens sah den Hunger und das Elend in London und hörte und las, was im Rest des Landes los war, zum Beispiel dass Kinder unter sieben Jahren in Fabriken und Bergwerken bis zu zwölf Stunden täglich arbeiten mussten, und das empörte ihn.«

»In Indien schuften buchstäblich Millionen Kinder zwölf Stunden am Tag in Zwangsarbeit, um die Schulden ihrer Eltern abzubezahlen. Und dieser skandalöse Zustand hält bis heute an«, sagte Rashmi.

»Auch bei uns gibt es noch immer Armut«, erwiderte Dora. »Ihr solltet sehen, wie manche meiner Patienten leben müssen. Aber das ist natürlich relativ.«

»Stimmt«, sagte Rashmi.

Estella senkte den Kopf, wie um ein Gähnen zu unterdrücken.

»Machen wir weiter«, schlug Nancy vor. »Trottys Tochter Meg möchte ihren Auserkorenen, einen bärenstarken, rechtschaffenen Arbeiter, am Neujahrstag heiraten, wovon ihr aber von zwei zufällig auftauchenden reichen Männern, Alderman Cute und Mr. Filer, abgeraten wird. Sie erklären ihr, sie habe nicht genug Geld für eine Heirat. Ihre Kinder würden bestimmt auf Abwege geraten, und bei ihrem Mann würde sie Not leiden und in den Ruin und Selbstmord getrieben werden. Die beiden Reichen wirken ziemlich komisch, weil sie so widerlich über die guten alten Zeiten schwadronieren und sich Meg und Trotty gegenüber unglaublich herablassend in Bezug auf die Kutteln und so weiter äußern.«

»Und was schlägt Dickens vor?«, fragte Rashmi. »Eine Revolution, oder was?«

»Etwas später taucht ja diese reichlich schablonenhaft gezeichnete Figur des Will Fern auf, stimmts, Nancy?«, sagte Estella. »Auch er ist ein redlicher Arbeiter, den das Armengesetz und alles andere zur Weißglut bringt, und am Ende droht er damit, Brände zu legen.«

»Stimmt«, bestätigte Nancy. »Aber Dickens ist kein Revolutionär, zumindest keiner, der nach der Guillotine ruft. Nein, er möchte einen Sinneswandel herbeiführen. Er will, dass die Reichen endlich über die Leute mit wenig Geld nachdenken.«

»Ja, das wäre nicht schlecht«, meinte Dora.

»Scrooge schenkt den Cratchits einen Truthahn!«, sagte Rashmi.

»Eben, Wohltätigkeit«, fuhr Nancy fort. »Genau das, worauf es heute wieder hinausläuft. Ich kann es wirklich kaum fassen. Wir hatten einen wunderbar funktionierenden Sozialstaat, quasi das achte Weltwunder, eine wesentlich bedeutendere Errungenschaft als die Mondlandung. Wenn ihr mich fragt, haben wir es den Amerikanern mit der Erfindung des Sozialstaats ganz schön gezeigt!«

»Nancy«, sagte Estella.

»Wenn es eine Gesellschaft so weit bringt, dass sie Rücksicht auf ihre weniger fähigen oder vom Glück weniger begünstigten Mitglieder nimmt und ihnen mittels entsprechender Steuergesetze Hunger, Obdachlosigkeit und die schlimmsten Auswüchse der Armut erspart, ist das doch wohl ein Triumph! Das hat etwas mit Würde zu tun! Unsere Eltern waren jedenfalls stolz darauf, und *ihre* Eltern, die die Dreißigerjahre erlebt hatten, konnten es kaum glauben. Auch wenn diese Haltung damals nicht gerade in Mode war, habe sogar ich den Staat während meines Studiums noch als Freund empfunden, weil er es mir ermöglichte, die Uni zu besuchen. Und jetzt wird alles abgebaut und zu Tode gespart, und stattdessen sollen wir irgendwelchen Sponsoren in den Arsch kriechen.«

»Nancy!«, sagte Rashmi.

»Nein, nein, wir werden da in die Zeit der Speichelleckerei und des ›Untertänigsten Dank, mein Herr‹ zurückgeworfen. Das ist alles so ... so viktorianisch. Wir sind doch keine Amerikaner, die es ganz normal finden, sofort nach der Geburt eines Kindes mit dem Sparen fürs College zu beginnen. Bei uns gibt es diese Tradition nun mal nicht, auch wenn *die* sich nie davon befreit haben.«

»Nancy?«, sagte Dora.

»Wir waren die erste Generation, die kostenlos studieren konnte, und haben geglaubt, dasselbe würde für unsere Kinder gelten, zumal das Land in der Zwischenzeit so viel reicher geworden war«, eiferte sich Nancy weiter. »Aber nein – das Geld, das wir fürs Alter zurückgelegt haben, geht jetzt für unsere Kinder drauf. Und die ziehen als Spendenkeiler durch die Straßen, um sich ein bisschen was fürs College zu verdienen. Als Spendenkeiler! Völlig absurd!«

»Puh«, seufzte Estella.

»Hmm«, brummte Rashmi.

Nancy schenkte sich Wasser ein.

»Was sind Spendenkeiler?«, fragte Dora.

»Das sind diese fröhlichen jungen Männer, die dich

mitten auf der Straße förmlich am Kragen packen, dir tief in die Augen schauen und dich auffordern, ein Abo abzuschließen. Ja, ja, ich weiß, wenn irgendein Milliardär Gutes tun will, weil er nicht mehr weiß, wohin mit seinem Geld, ist das natürlich toll, aber noch viel, viel besser wäre ein System, in dem sich nicht einige wenige durch die Ausbeutung anderer Unmengen unter den Nagel reißen können!«

»Redest du vom Kapitalismus?«, fragte Rashmi. »Aber dir muss doch klar sein, dass der Kapitalismus gesiegt hat, Nancy! Er ist einfach das beste – oder sagen wir: das am wenigsten schlechte System.«

»Ich dachte immer, die Demokratie sei das am wenigsten schlechte System«, warf Estella ein.

»Also, im Moment scheinen mir beide nicht besonders gut zu funktionieren«, sagte Nancy.

»So einfach ist es nicht«, murmelte Rashmi.

»Doch!«

»Einerseits ja, andererseits nein«, sagte Dora.

»Na, wenigstens wäre *das* jetzt geklärt«, sagte Estella.

»Das Ganze ist doch völlig durchgeknallt«, fuhr Nancy fort. »Ich hatte nie zuvor gestreikt, aber kürzlich habe ich mitgemacht, einfach weil es nicht fair ist. Es ist einfach nicht fair!«

»Könnten wir vielleicht wieder zu den *Silvesterglocken* zurückkehren?«, fragte Rashmi. »Ich hatte mir eigentlich für heute Abend ein bisschen Weihnachtsstimmung erhofft.«

»Und das mit den Krawallen – tja, Krawalle haben

nun mal nichts mit Logik zu tun, sondern mit Gefühlen«, fuhr Nancy fort.

»Iss einen Mince Pie, Nancy«, bat Estella.

»Genau. Beruhige dich!«, sagte Rashmi.

»Tut mir leid, aber ich könnte mich so dermaßen aufregen ...«.

»Völlig verständlich«, beschwichtigte Dora. »Geht mir genauso.«

»Zurück zu Trotty Veck und seiner Tochter Meg!«, sagte Estella. »Diese Meg, du meine Güte ... Es stimmt einfach, Dickens hatte kein Talent für weibliche Figuren, zumindest nicht für die zwischen fünfzehn und dreißig. Junge Frauen sind bei ihm nichts weiter als passive Stichwortgeberinnen ohne jeden Charakter, und wie er die realen Frauen in seinem Leben behandelt hat, kommt ja erst jetzt allmählich ans Licht.«

»Wie denn?«, wollte Dora wissen.

»Grauenhaft. Ich habe das alles bei der Recherche für das Wechseljahre-Feature gelesen, von dem ich vorhin gesprochen habe. Bei seiner Hochzeit mit dieser Catherine Dingsbums war sie gerade mal zwanzig und er nicht viel älter, und er stellte von Anfang an klar, dass er eine Frau wollte, die ihm nie widersprach oder ihn infrage stellte und immer nur das tat, was er ihr sagte. Gut, er war ein Genie, die sind oft Kontrollfreaks und dürfen es auch sein. Aber als sie zehn Kinder zur Welt gebracht hatte – die Fehlgeburten nicht mitgerechnet –, fand er sie plötzlich langweilig, was sie nach all den Strapazen wahrscheinlich auch war, und fing obendrein etwas mit einer achtzehnjährigen Schauspielerin an.«

»Gar nicht so ungewöhnlich«, sagte Rashmi. »Heutzutage ist das der Mann, der die Ehefrau gegen ein jüngeres Modell austauscht.«

»Ja, aber bei ihm war es noch schlimmer, weil er seine langweilige Frau loswerden, gleichzeitig aber der moralisch Überlegene sein wollte«, erklärte Estella. »Deshalb hat er sie verbannt, er hat sie weggeschickt. Er hat sie vor seinen Freunden und, als damals schon berühmter Mann, sogar der Presse gegenüber schlechtgemacht und behauptet, sie sei eine miserable Mutter, die ihre Kinder nicht liebe und auch von ihnen nicht geliebt werde, und überhaupt sei sie verrückt und eifersüchtig und komplett neben der Spur. Die Kinder waren laut Gesetz natürlich sein Eigentum, und er hielt sie davon ab, mit ihr zu sprechen oder sie zu sehen. Etwas Grausameres kann man sich gar nicht vorstellen.«

»Wie kann man so etwas tun!«, rief Dora.

»Ja, er hat sich richtiggehend hysterisch verhalten«, sagte Estella. »Seine Genialität will ich ihm nicht absprechen, aber trotzdem. Könnt ihr euch vorstellen, wie das erste Weihnachtsfest ohne sie gewesen sein muss? Die Kinder durften nicht mal ihren Namen erwähnen! Irgendwie hat er sich offenbar eingeredet, *er* wäre der Verletzte.«

»Genau wie Leo«, sagte Rashmi. »Fünf Jahre werden es jetzt an Weihnachten. Erinnert ihr euch?«

Die anderen nickten ernst. Rashmi hatte den Literaturzirkel damals über den mit großer Härte geführten Scheidungskrieg und den darauf folgenden Kampf um die Kinder ins Vertrauen gezogen. Bedingt durch den monatlichen *Jour fixe* der Gruppe war das Ganze für die anderen zu einer Art Fortsetzungsgeschichte mit zunehmend melodramatischen Folgen geworden. Als Rashmi nun ihr Glas erneut füllte, glitzerten in ihren Augen ungeweinte Tränen.

»Trotzdem, ganz so einfach ist es nicht«, sagte Nancy taktvoll, um von Rashmi abzulenken. »Andererseits war Dickens nämlich durchaus ein Freund der Frauen und brachte ihnen tiefes Mitgefühl und Verständnis entgegen. Das habe ich irgendwo gelesen. Er hat beispielsweise mehrere Jahre lang sehr diskret Miss Coutts unterstützt, eine karitativ tätige Millionenerbin. Die Dame hatte in Shepherd's Bush ein Wohnhaus für gefallene Mädchen eingerichtet, die dort die Chance bekamen, ein neues Leben zu beginnen.«

»Meinst du die Coutts, die ...?«, fragte Rashmi.

»Ja, deren Großvater eine Bank gegründet hatte«, sagte Nancy. »Du brauchst gar nicht so zu schauen, ich fange nicht wieder damit an. Aber die Stelle, an der Sir Joseph Bowley über Silvester und über die Banker nachdenkt, muss ich euch unbedingt vorlesen. Augenblick – ah ja, da ist sie: ›... zu dieser Zeit des Jahres müssen wir an – an – uns selbst denken. Wir sollten Einsicht nehmen in – in unsre Rechnungen. Wir sollten fühlen, dass jede Wiederkehr einer so ereignisvollen Periode im menschlichen Leben Dinge mit sich führt –

Dinge von tiefer Bedeutung zwischen dem Menschen und seinem – und seinem Bankier.‹«

»Ja, da musste ich auch lachen.«, Estella grinste.

»Bei mir in der Arbeit gibt es einige völlig durchschnittliche Leute, die in den letzten zwanzig Jahren Unmengen Geld verdient haben«, berichtete Rashmi und putzte sich die Nase. »Zwei Wohnungen sind die Norm, aber dazu darf ich nichts sagen, weil ich selbst eine in Mumbai habe. Es gibt allerdings auch Leute mit drei Häusern oder Wohnungen, einer ganzen Ansammlung von Mietobjekten, und diese Leute sind weder besonders leistungsstark noch ungewöhnlich talentiert. In den vergangenen Jahren konntest du als mittelmäßiger Mensch mühelos Millionär werden, wenn du genug Energie, das nötige Quäntchen Glück und einen Blick für die eine große Chance hattest.«

»Wenigstens haben die das Ganze nicht geerbt, zumindest nicht alle«, sagte Estella.

Rashmi nickte. »Stimmt. Die Mutter meines Chefs hat in einer Schulkantine gearbeitet.«

»Das macht die Sache leider auch nicht besser«, wandte Nancy ein. »Sobald einer reich wird, vergisst er offenbar sofort, wie es war, nicht reich zu sein. Die verwandeln sich ohne einen Blick zurück in Geldsäcke.«

»Na ja, die City hat es sich schon immer gut gehen lassen«, meinte Rashmi. »Aber in den letzten Jahrzehnten ist die Selbstbelohnung eindeutig zu krass ausgefallen.«

»Und ob, diese Gauner!«, rief Estella.

»Und seit der Jahrtausendwende sind Millionen von Menschen auf der ganzen Welt immer reicher geworden, vor allem in China und Indien«, fuhr Rashmi fort. »Der globale Reichtum hat sich fast verdoppelt.«

»Wie denn?«, fragte Dora. »Wie kann sich das Geld auf der Welt selbst vermehren? Die Menge muss doch begrenzt sein. Das kapiere ich nicht.«

»Hängt offenbar mit den Hypothekenverkäufen und faulen Krediten zusammen, von denen man ständig hört«, sagte Nancy.

»Ja, das sehe ich jeden Tag in den Nachrichten, aber ich verstehe ehrlich gesagt immer nur Bahnhof«, gestand Dora.

»Also, wenn ihr mich fragt, können wir uns eine solche Ahnungslosigkeit in Zukunft nicht mehr leisten!«, rief Nancy aufgebracht. »Wir haben zugelassen, dass eine Horde schamloser, gieriger Geschäftsleute und ein paar Intelligenzbestien mit einem Doktortitel in Mathe das gesamte System in den letzten zwanzig Jahren so manipulieren konnten, dass es kein Mensch mehr versteht. Wir müssen uns dafür engagieren, dass die Grundlagen der Volkswirtschaft ab sofort Pflichtfach in der Schule sind!«

»Ich bezweifle, dass das irgendetwas bringen würde«, entgegnete Estella. »Angenommen, wir wüssten, was ein Hedgefonds ist oder was Verbriefung bedeutet – ja und? Das Ganze ist inzwischen offenbar so kompliziert, dass es nicht mal mehr die Leute in den Banken selbst verstehen. Nur dass die vor ihren eigenen Fehlern geschützt werden, das ist allen klar.«

»Und wir Idioten kommen dafür auf«, sagte Dora.

»Was würde Dickens wohl dazu sagen?«, fragte Nancy.

»Als vernünftiger Mensch würde er darauf hinweisen, dass der Durchschnittsbrite zwar den wirtschaftlichen Druck im Moment vielleicht zu spüren bekommt, aber noch immer zehnmal mehr Geld hat als der Durchschnittschinese. Und seine nächste Weihnachtsgeschichte wäre wahrscheinlich in Shenzhen oder Dongguan angesiedelt, und zwar in einer Spielzeugfabrik. Eine Fabrikarbeiterin lebt zwölf Stunden Zugfahrt von ihren kleinen Kindern entfernt. Die werden von den Eltern der Frau großgezogen, während sie für einen Hungerlohn schuftet, in einem trostlosen Schlafsaal wohnt und ihre Kleinen nur einmal im Jahr sehen kann – so ungefähr wäre die Handlung.«

»Einmal im Jahr? Aber nicht in Wirklichkeit, oder?«, rief Dora.

»Doch, nur zum chinesischen Neujahrsfest«, erwiderte Rashmi. »Nicht mehr als ein paar Tage – das muss man sich mal vorstellen!«

»Wäre diesen Menschen geholfen, wenn wir das Spielzeug nicht kaufen würden?«, fragte Nancy.

»Kaum«, antwortete Rashmi. »Ein globales System lässt sich nicht so einfach austricksen. Vielen Menschen geht es noch schlechter als dieser Fabrikarbeiterin, und ihr derzeitiges Leben ist ihr wahrscheinlich immer noch lieber als das frühere ihrer Mutter. Sie hat jetzt schon mehr, als ihre Eltern je besaßen.«

»Wir gehören unserer Generation an, ob wir nun Geld gescheffelt haben oder nicht«, sagte Nancy unvermittelt. »Und ich muss sagen, ich schäme mich dafür. Diese Prinzipienlosigkeit haben wir alle zu verantworten.«

»Welche Prinzipien meinst du? Dass Schulden etwas Schlechtes sind, zum Beispiel?«, fragte Rashmi.

»Ja, auch das. Ganz grundsätzlich. Aber vor allem haben wir vergessen, was fair ist, was richtig ist. Die Regierungen, die wir gewählt haben, waren oberflächlich und gierig, und jetzt erweisen sie sich auch noch als unfähig.«

»Harte Worte«, murmelte Rashmi.

»Harte Fakten«, gab Nancy zurück. »Aber es ist wohl ohnehin vorbei. Wir hatten unsere Chance.«

Alle schwiegen.

»Also, mit welchen Maßnahmen ließe sich die Welt verbessern?«, fragte Nancy.

»Man müsste die Leute anständig entlohnen«, antwortete Estella.

»Nicht abstumpfen«, schlug Dora vor. »Dickens hat recht, wenn er Mitgefühl für Menschen fordert, die ein schweres Leben haben.«

»Eine globale Finanzmarktregulierung durchsetzen und dafür sorgen, dass die Reichen ihre Steuern bezahlen«, empfahl Rashmi. »Und überall strenge Maßnahmen zum Klimaschutz einleiten.«

»Ja, das dürfte genügen«, sagte Nancy.

Die vier stießen miteinander an und leerten ihre Gläser.

»Und wie enden nun die *Silvesterglocken*?«, erkundigte sich Dora.

»Um ein richtiges Ende hat Dickens sich genau genommen herumgedrückt«, antwortete Nancy. »Trotty wacht auf und stellt fest, dass er das Ganze geträumt hat.«

»Stimmt«, sagte Estella. »Auf den letzten Seiten geht es nur noch schnell, schnell. Meg heiratet, und eine gewisse Mrs. Chickenstalker, Inhaberin eines Krämerladens, findet ihren verloren geglaubten Irgendwas wieder. Alle wünschen sich ein glückliches neues Jahr, und das wars dann im Großen und Ganzen. Trotzdem – ich bin wie gesagt froh, es gelesen zu haben.«

»Ich auch«, sagte Nancy. »Obwohl ich es immer noch besser finde, wenn man es vorgelesen bekommt. So, dann zückt mal eure Terminkalender. Wie sieht es bei euch im Januar aus? Bei unserem nächsten Treffen liegt das alte Jahr schon hinter uns. Wollt ihr irgendwelche guten Vorsätze fassen?«

»Weniger Sport machen und vier Kilo zunehmen«, sagte Estella.

»Ich habe mir überlegt, dass ich meine drei Kilometer Heimweg künftig à la Dickens zurücklegen könnte«, sagte Dora. »Hohes Tempo – sechseinhalb Kilometer pro Stunde – abends, nach der Arbeit. Da kann man bestimmt gut Dampf ablassen.«

»Ich nehme mir vor, mehr Bücher darüber zu lesen, wie die Welt funktioniert«, verkündete Nancy.

»Und ich mehr Romane«, sagte Rashmi.

Kythera

Eier, Butter, Zucker, Mehl, eine Zitrone. Ofen auf 180 Grad vorheizen. Und weil ich, wie du weißt, mein Schatz, immer nur den Zitronenkuchen backe, kenne ich das Rezept fast auswendig. Wie viele ich wohl im Lauf der Jahre für dich und deinen Bruder gemacht habe... Wenn ich eure Lebensjahre zusammenzähle und noch einmal etwas mehr als zwanzig für deinen Vater dazugebe, komme ich leicht auf – ach, über sechzig Kuchen.

Hundert Gramm Butter und hundert Gramm Zucker aus dem Glas mit der Vanilleschote abwiegen. Erinnerst du dich, wie mich meine Cousine Hilary damals gebeten hat, beim Befüllen der Erinnerungsschachteln für ihre Kinder mitzuhelfen? Drei, und alle unter zehn, als sie erfuhr, dass nichts mehr zu machen war. Ich habe dann drei kleine Flakons von ihrem Lieblingsparfüm gekauft, mit ihr zusammen Fotos ausgesucht, auf denen Höhepunkte ihres Lebens festgehalten waren, solche Sachen. Die arme Hilary. Sie wollte ihren Kindern etwas von sich zurücklassen.

Aber als ich dir und deinem Bruder davon erzählte – ihr Knirpse wart damals auch noch ziemlich klein –, hat mich eure Reaktion erstaunt. Ihr habt nämlich gesagt, dass ihr an der Stelle von Hilarys Kindern gar nicht so gern eine Schachtel mit Sachen eurer Mutter hättet, sondern viel lieber Erinnerungen eurer Mom an *eure* Babyzeit – lustige Sprüche und was ihr alles angestellt habt und so weiter, und Fotos, auf denen sie euch im Arm hält oder anlächelt –, und ich dachte: Ja, natürlich, völlig klar.

Hundertsiebzig Gramm Mehl und einen Teelöffel Backpulver in eine Schüssel sieben. Als ich mit dir schwanger war, dachte ich, du würdest an Mittsommer zur Welt kommen, weil man uns den fünfzehnten Juni als voraussichtlichen Geburtstermin genannt hatte, und das ist ziemlich dicht dran. Aber dann bist du zu spät gekommen in diesem wunderschönen, heißen Sommer voller Blumen, nämlich erst am ersten Juli.

Du warst ein wundervolles, ruhiges, aufgewecktes kleines Mädchen. Es hat mich verblüfft, wie gelassen du warst nach dem nicht enden wollenden Drama deiner schweren Geburt, die zwei Tage gedauert hatte, gebrochenes Schlüsselbein inklusive. Siebeneinhalb Pfund. In der Klinik legten sie dich in deinem durchsichtigen Bettchen auf die Seite, und als ich deine blauen Augen sah – dieses dunkle Neugeborenenblau, wie auf Delfter Porzellan –, stellte ich erstaunt fest: Du kennst mich!

Bei unserer Heimkehr erwartete uns ein wahres Blütenmeer. So viele Blumen habe ich weder davor noch danach gesehen. Rosen und Lilien und Rittersporn von unseren Freunden – alle Krüge und Gläser voller Nelken und Margeriten. Noch heute schmücke ich die Küche in deiner Geburtstagswoche mit Blumen – in dieser Jahreszeit blühen sie alle – und backe dir mittendrin deinen Kuchen.

Zuerst hast du ganz still in deinem Körbchen gelegen. Beim Schlafen hast du immer auf einer stummen Flöte gespielt, die zarten langen Finger leicht gekrümmt unten an dein süßes Gesicht gelegt. Deine Augen waren geschlossen, und durch den leicht geöffneten Schmollmund hast du immer wieder ein bisschen Luft ausgestoßen. Du hast so wunderbar gerochen, dass ich nicht widerstehen konnte und mit der Nase an deiner Stirn entlanggefahren bin, um deinen herrlichen unschuldigen Duft einzuatmen, der mich an frische Wäsche und blühende Gärten erinnert hat. Seit du auf der Welt warst, konnte ich keine synthetischen Aromen mehr ertragen und bin auf Seife ohne Duftstoffe umgestiegen, denn du solltest auch *meinen* Geruch kennenlernen.

Butter und Zucker mit einer Gabel cremig rühren. Und beim Stillen warst du ein Traum! Ich konnte dabei sogar Bücher lesen. Dein Dad nannte dich immer kleines Milchgesicht. Einmal, das weiß ich noch, habe ich aus Neugier ein paar Tropfen von meiner Milch ausgestrichen. Sie schmeckte frisch und etwas süßlich, mit einem Hauch von Vanille, genau wie dieser Zucker.

Die Eier zugeben und die Masse schaumig schlagen. Wann mit Milch und Brei Schluss war, hast du selbst entschieden. Ich kann mich seltsamerweise wie die Amme aus *Romeo und Julia* noch an das genaue Datum erinnern, weil es am Geburtstag deines Dads war, sechs Monate und drei Wochen nach deinem. Wir waren zum Mittagessen in eine Brasserie gegangen und hatten dich zum ersten Mal mitgenommen. Du hast neben mir auf einem Hochstuhl gesessen. Ich las die Speisekarte (*moules frites*, *onglet à l'échalote*) und hob gerade rechtzeitig den Blick, um dich herzhaft in ein Stück Baguette beißen zu sehen, das du dir aus dem Brotkorb geschnappt hattest. Ich bin fast vom Stuhl gefallen. Dad und ich haben uns gekugelt vor Lachen! Schon als ganz kleines Kind hast du uns immer zum Lachen gebracht mit deinem Geplapper und deiner blühenden Fantasie und tust es bis heute.

Ich erinnere mich genau, wie wir beide einmal mit deinem Bruder im Sommer am Meer kreischend durch die Wellen gesprungen sind.

Als der Wind kurz nachließ, hast du, rücklings im Wasser treibend, plötzlich verkündet: »Picasso, das war der, der sich das Ohr abgeschnitten hat!«

»Nein, das war nicht Picasso«, entgegnete ich.

»Das war Matisse«, sagte dein Bruder, während er sich mit Paddelbewegungen über Wasser hielt, und sah auf Bestätigung hoffend zu mir hinüber. »Ach nein, van Gogh war das. Stimmt doch, Mom, oder? Aber warum hat er das gemacht?«

»Weil er traurig und verrückt war«, antwortete ich.

»Nein, weil er seiner Freundin imponieren wollte«,

hast du daraufhin behauptet, während dein Kopf auf dem Wasser schaukelte. »›Ich liebe dich so sehr und nehme für dich so viel Leid auf mich, dass ich dir mein Ohr schicke.‹ Und sie hat es dann gegessen.«

»So ein Unsinn!« Ich war richtig schockiert.

»Doch, so wars!«, hast du strahlend erwidert und mit dem in den Wellen tanzenden Kopf genickt. »Sie hat es in der Pfanne gebraten und dann gegessen!«

Da haben wir drei uns fast kaputtgelacht. Wir haben geprustet und nach Luft geschnappt und uns kaum mehr eingekriegt. Erinnerst du dich?

Das Mehl nach und nach in die Masse einarbeiten. Die alte Backform meiner Großmutter steht schon neben der Waage, ausgelegt mit zurechtgeschnittenem Pergamentpapier, so wie sie es mir einmal gezeigt hat. Von deiner Urgroßmutter hast du die schönen grünen Augen. In dieser Backform hat sie ihren Kümmelkuchen gemacht, einen ganz schlichten Kuchen, gewürzt mit einem halben Teelöffel Kümmelsaat. Gut und bekömmlich, aber kärglicher als das, was wir heute gewohnt sind. Kurz bevor der Kuchen gar war, hielt sie ihn ans Ohr und lauschte – sang er innen vor sich hin, brauchte er noch ein bisschen. Die Kuchen meiner Mutter – deiner Großmutter – gingen schneller und waren süßer: Kekskuchen mit kandierten Kirschen oder, wenn wir Geburtstag hatten, Victoria Sandwich Cake mit Buttercremeglasur.

Und dann kam der Urlaub auf Kythera, als sich alle kleinen Kinder in dich verliebten. Elf oder zwölf warst du damals. Die Abende waren dunkel und warm, und kaum erklang draußen auf der Straße Musik, wurdest du zum Rattenfänger. Die Erwachsenen mussten rhythmisch klatschen, während du die Kleinen in einer von dir organisierten Mini-Kinderpolonaise wie ein Triumphator um die Tische herumführtest. Die Mädchen starrten dich bewundernd an, und dein Bruder und die anderen Jungs hoppelten grinsend, aber folgsam hinter dir her. Und eins und zwei und drei und vier habt ihr gerufen und diese Überkreuzbewegungen mit den Armen gemacht, sobald der damalige Sommerhit ertönte: *Hey Macarena!*

Die Zitronenschale fein abreiben und mit zwei oder drei Teelöffel Milch in die Masse rühren, bis der Teig zähflüssig ist. Auf der Party zu deinem dreizehnten Geburtstag warst du strahlend schön, wie von innen erleuchtet in deinem weißen Kleid mit den Silberpailletten. Wir zwei standen gemeinsam an der Haustür, um ungeladene Gäste abzuwimmeln. Fast alle Freunde, die da kamen, halbe Kinder noch, hatten vor Nervosität leicht gerötete Wangen. Wenn überhaupt, begrüßten sie uns nur nuschelnd und verdrehten dabei die Augen wie scheuende Pferde. Aber schon eine halbe Stunde später waren sie großspurig, stolzierten herum wie Seeräuber oder blasierte Aristokraten. Auf ganz hohen Rössern saßen sie alle in ihrer Angst und in der verzweifelten Hoffnung, akzeptiert zu werden und das Geschehen möglichst zu dominieren – eben einfach ein Star zu sein. Es war ein sehr emotionaler Abend.

Die Mädchen stürmten in Dreier- und Vierergrüppchen durch die Zimmer oder steckten zu zweit zusammen. Die Jungs brachten kaum ein Wort heraus; dafür traten sie arrogant und streitlustig auf, pufften sich ständig und gaben mächtig an. Einige zündelten sogar am Geräteschuppen im Garten. Sie waren gemeinsam gekommen und hatten dir drei Goldfische in einem Glas mitgebracht. Das Geschenk war eine solche Überraschung, dass du vor Schreck und Aufregung zu zittern begonnen und mich einen Moment lang flehentlich angesehen hast, während du die unhandliche Gabe in Empfang nahmst.

Die Masse mit einem Löffel in die vorbereitete Springform füllen und mit dem Backspatel glatt streichen. Kurz vor deinem nächsten Geburtstag hast du gesagt: »Ich kann kaum glauben, dass ich in ein paar Tagen vierzehn werde. Dann hänge ich überall Zettel auf und biete leichte Gartenarbeit an.« Zum fünfzehnten kamen Unmengen von Karten mit Angebersprüchen über Bacardi Breezers und frechen Aufschriften wie *Ab dem nächsten darf gesoffen werden*. Nach der Schule besuchten dich Chloë, Zoë, Lulu, Hannah und Scarlett und sangen dir aus vollem Hals ein Ständchen, während auf dem Zitronenkuchen die Kerzen brannten, und dann habt ihr zu sechst mehrere Pfund Erdbeeren mit Zucker verdrückt. Ihr habt euch lange Geburtstagsbriefe geschrieben, vollgestopft mit den Details eures gemeinsam verbrachten Lebens und Beteuerungen ewiger Freundschaft. »Ich will nichts mit dir zu tun haben«, habt ihr euren Müttern erklärt. »Ich brauche dich nur als persönlichen Fahrdienst.«

Als ich eines Morgens in dein Zimmer ging, um dich für die Schule zu wecken, hast du mich, den Kopf noch auf dem Kissen, hasserfüllt angesehen und mir entgegengeschleudert: »Ich habe geträumt, ich hätte Geburtstag, und du hast gesagt: ›Ich habe dir etwas ganz Besonderes gekauft, auch wenn du es vielleicht erst mal gar nicht so besonders findest. Aber es wird dir Verantwortung beibringen. Du bekommst eine Schafherde. Du musst dich um die Tiere kümmern, musst sie füttern und immer darauf achten, dass das Gatter geschlossen ist und so.‹« Da wurde mir aus meiner längst geschwächten Mutterposition heraus bewusst, dass ich gewissermaßen über Nacht dein Memento mori in ziemlich alten, ausgelatschten Schuhen geworden war, deine Anstandsdame, Aufpasserin und Spaßbremse in einem, ein einziges Ekelpaket.

Danach kam es zu Machtproben in Umkleidekabinen und zu Riesenkrächen mitten auf der Straße; Gift und Galle wurde gespuckt. Das alles bedrückte mich sehr, bis es mir eines Tages dämmerte – klingeling! –, dass nichts davon mir persönlich galt. Es gehörte einfach dazu und war notwendig und sinnvoll. Nicht ich war unerträglich für dich, sondern ich als Mutter. Erinnerst du dich an die Geschichte von Proteus in den *Griechischen Sagen*, deinem Lieblingsbuch? Du warst wie Proteus, der Gott des Wandels, und meine Aufgabe bestand darin, dich trotz deiner Gegenwehr mit aller

Kraft festzuhalten, während du dich in einen Leoparden, eine Schlange, ein Schwein oder einen knorrigen Baum verwandelt hast. Ja, ich musste dich festhalten, aber gleichzeitig in Ruhe lassen. Das war das Knifflige daran: dass es so paradox war. Sagte ich: »Heute scheint so schön die Sonne«, kam von dir: »Du hast mir nicht zu sagen, was ich anziehen soll!« Festhalten und in Ruhe lassen. Freiheit und Sicherheit fein ausbalanciert, Nähe ohne Aufdringlichkeit. Eigentlich das, was wir alle wollen, und nicht nur, wenn wir jung sind. Und dann, vor zwei oder drei Geburtstagen, als diese notwendige zweite Trennung geschafft war, klarte es auf, und plötzlich stimmten wir zu unserer beider Freude und Erleichterung darin überein, dass es wirklich ein wunderschöner sonniger Tag war.

Die abgeriebene Zitrone auspressen und mit hundert Gramm Zucker verrühren. Im Grunde ist dieser dünnflüssige Sirup ein abgewandelter Zuckerguss, nur säuerlicher und grobkörniger. Wenn man ihn über den ofenwarmen Kuchen gießt, bildet er eine durchsichtige Glasur, das genaue Gegenteil der protzigen pastellfarbenen Cremehaube auf den Cupcakes, in der die Zähne beim Hineinbeißen versinken. Für Schulabgänger ist seit dem Zusammenbruch des Arbeitsmarkts die Gründung einer Cupcake-Bäckerei in der Küche der eigenen Mutter offenbar der Standard-Einstieg ins Berufsleben. Wahrscheinlich auch nicht schlimmer, als in irgendeinem unbezahlten Praktikum zu versauern, aber leider denkt man unwillkürlich an den Satz: »Sollen sie doch Kuchen essen!«

Hör nie auf, dich mit Politik zu beschäftigen, mein Schatz. Sag nie, du könntest ohnehin nichts ausrichten. Alles verändert sich. Angesichts der verlogenen, machtgeilen Politiker und geldgierigen Banker ist es besonders wichtig, sich mutig zu zeigen und seine Meinung offen zu sagen. Aber was weiß ich schon! Du wirst die Hitze der sich verändernden Welt noch zu spüren bekommen, aber du wirst sie aushalten.

Der herrliche heimelige Duft überrascht mich immer wieder. Eine Backform mit einer klebrigen Zutatenmischung kommt in den Ofen und verwandelt sich in etwas Köstliches, das zuvor nicht da war. Zauberei, wenn auch eher primitive. Und wenn ich meinen Zauberstab schwingen könnte, würde ich dir für die Zukunft Glück wünschen, denn das braucht jeder, und eine Arbeit, die dich erfüllt, genug Geld einbringt und es dir ermöglicht, auch deine Kinder zu versorgen (falls du einmal welche hast), ohne dich halb totzuschuften. Und die Liebe eines guten Mannes (oder einer guten Frau). Übrigens solltest du nur dann Ja sagen, wenn du ihn oder sie riechen kannst. Das und Redlichkeit sind ganz wichtige Kriterien. Aber der Geruch steht an erster Stelle.

So. *Den Kuchen aus dem Ofen nehmen.* Einer der besten, die ich je gebacken habe, auch wenn ich das selbst sage. *Einige Minuten ruhen lassen, dann vorsichtig auf ein Backgitter stürzen.* Perfekt. *Mit einer Gabel kreuz und quer einstechen und den Zitronensirup über den noch warmen Kuchen gießen.* Mmm – köstlich! Und an die Kerzen habe ich auch gedacht. Alles Gute zum Geburtstag, mein geliebtes Kind!

Moskau

Erst das Knie und dann die Kühl-Gefrierkombination reparieren lassen, das war der Plan. Aufgrund der ärztlichen Empfehlung, eine Woche Pause einzulegen, hatte ich mir ein paar freie Tage organisiert. Dann kann ich mich auch mal ein bisschen nützlich machen und ausnahmsweise diejenige sein, die auf den Reparaturdienst wartet, sagte ich mir. Nigel hatte in den letzten Jahren weiß Gott öfter mit der Warterei zu tun gehabt als ich.

Sechs Wochen nicht belasten, dies nicht tun, das nicht tun. Dann scheuchte mich die Schwester zur Übung eine gute halbe Stunde vor der OP mit dem Stock treppauf, treppab. Reine Zeitverschwendung, denn ich kam wunderbar zurecht. Die Blutergüsse sahen ziemlich dramatisch aus, senfgelbe Verfärbungen unterhalb des Knies – allerdings wie der hellere englische, nicht wie französischer Senf –, und oberhalb dunkelviolett. Aber es tat wirklich nicht besonders weh.

Der Kühlschrankmann kam auf die Sekunde pünktlich, was überraschend war, weil Nigel mich gewarnt hatte. Seiner Erfahrung nach standen die Chancen dafür nicht einmal fifty-fifty. Jeans und ein schlichtes schwarzes T-Shirt, kurz geschorene Haare, ziemlich klein, aber extrem kräftig gebaut. Ich dachte sofort an Kampfsport.

»Von irgendwoher tropft Wasser ins obere Gemüsefach und gefriert«, erklärte ich ihm. »Dann schmilzt es und gefriert wieder.«

Normalerweise wäre ich danach gegangen und hätte ein paar Telefonate mit Leuten in der Firma eingeschoben, aber Nigel hatte mir eingeschärft, die ganze Zeit dabeizubleiben. Dahinter stand der Gedanke, dass es sich auszahlte, wenn man dem Handwerker beim nächsten Defekt erklären konnte, was schiefgegangen war. Um das Problem aber zu verstehen, musste man Nigels Ansicht nach den gesamten langweiligen Ablauf mit dem Mann zusammen durchgehen und Fragen stellen. Er selbst machte sich immer Notizen, um bloß nichts zu vergessen, datierte sie und sammelte sie in einem eigenen Ordner. Nigel ist Akademiker, er schreibt gern alles auf. Sein letzter veröffentlichter Artikel trägt den Titel »Islamische Historiker im Mesopotamien des 18. und 19. Jahrhunderts und ihr Verständnis von historischer Wahrheit«. Ich habe ihn noch nicht gelesen, aber dass er wie alle seine Arbeiten brillant ist, weiß ich jetzt schon. Jedenfalls ließ ich mich in diesem einen Fall darauf ein, alles so zu tun, wie er es für richtig hielt, weil ich ja wirklich nur alle Jubeljahre auf Handwerker warte.

Den Kaffee, den ich ihm anbot, lehnte der Mann ab, bat aber um ein Glas Wasser. Das Ganze war ziemlich neu für mich. Seinen Akzent konnte ich nicht recht zuordnen. Osteuropäisch, aber nicht polnisch.

Er öffnete die Gefrierschranktür, und vor ihm lagen unsere Essgewohnheiten. Geschnittenes Brot, weil man es gefroren in den Toaster stecken kann, Ein-Liter-Kartons Halbfettmilch, die nie ausgehen durfte, mehrere Packungen Eiscreme (Cookie Dough für Georgia, Mango und Passionsfrucht für Verity, Himbeersorbet für Clio, die sehr auf ihr Gewicht achtet). Sonst nicht viel, außer Tiefkühlerbsen und einer Flasche Wodka. Kaum richtiges Essen. Aber gesund waren wir trotzdem alle! Seit ihrem achtzehnten Geburtstag gehörte der Wodka ganz offiziell Georgia; sie brauchte ihn fürs Vorglühen mit ihren Freundinnen. Besser hier, wo wir ihren Konsum im Blick haben, als irgendwo in ihrem Zimmer versteckt, sagten wir uns.

»Woher kommen Sie denn?«, fragte ich, als ich ihm das Glas Wasser hinstellte.

»Russland.«

Schnee und Eis. Passt, dachte ich.

»Und wo in Russland?«

»Nächste Stadt Moskau«, antwortete er und fügte leicht spöttisch hinzu: »Dreihundert Kilometer.«

»Dann kommen Sie also vom Land?«

Er nickte.

»Ich war schon mal in Moskau«, sagte ich, aber er war bereits wieder mit dem Gefrierschrank beschäftigt.

Damals glaubte ich, wir könnten in aufstrebende Märkte einsteigen, ein bisschen investieren, ein bisschen mitmischen. Kaum zu fassen, wie lange es dauerte, bis ich endlich dort war. Nicht der Flug, sondern die Fahrt vom Flughafen Moskau in die Innenstadt. Die Straßen waren miserabel; für die Taxifahrt, die nicht länger als fünfundvierzig Minuten hätte dauern dürfen, brauchten wir fast drei Stunden. In kaum erträglichem Schneckentempo krochen wir durch die verstopften Vorstädte. Und als ich dann Mr. Petrossian in seinem Büro besuchte, standen am Empfang mehrere Sicherheitsleute mit Maschinenpistolen. Die Sekretärinnen und das übrige Hilfspersonal, selbstredend ausschließlich Frauen, konnten sich kaum bewegen in ihren Bleistiftröcken und stöckelten auf Stilettos herum. Ein freudloser Abklatsch der Fünfzigerjahre. Peinlich.

Mittlerweile lag der Mann ausgestreckt auf dem Boden und leuchtete mit einer kleinen Taschenlampe in den Spalt unter dem Gefrierschrank, dessen Abdeckgitter er routiniert entfernt hatte. Aus dieser Perspektive sah man deutlich, dass er gut trainiert war. Ich fragte mich, welchen Sport er wohl trieb und auf welchem Niveau.

Sechs Wochen ohne Tennis – ich würde garantiert verrückt werden. Andererseits hatte das Tennisspielen den Schaden überhaupt erst angerichtet – Knorpelverschleiß. Kleine Knorpelstücke waren abgebrochen und schwammen in der Synovialflüssigkeit. Wir stöbern ein bisschen und holen das klebrige Zeug heraus, sagte der Chirurg. Als ich an die Reihe kam, hatte er das Ganze den Nachmittag über schon fünf-, sechsmal gemacht, erzählte mir die Schwester hinterher. Eine leichte Vollnarkose, gerade genug, um mich zwanzig Minuten lang auszuschalten, dann der Eingriff mit diesem minimalinvasiven Dings durch einen kleinen Schnitt neben der Kniescheibe. Um acht war ich fertig. Nigel musste dann doch nicht kommen; ich fuhr mit dem Aufzug hinunter und ging direkt zum Taxistand vor der Klinik.

Kurz bevor wir über die Brücke fuhren, fragte mich der Taxifahrer, ob ich Kinder hätte, und wie immer antwortete ich: Ja, drei wundervolle Töchter. Wenn ich »Stieftöchter« sage, kommt sogar von völlig fremden Leuten sofort die Frage, ob ich nicht gern »eigene« hätte, aber ich liebe die drei heiß und innig, und sie genügen mir. Kinderwunsch? Ja, diese Phasen gab es, aber sie hielten immer nur kurz an, genau wie die Lust, und mit beidem ging ich gleich um. Immer auch auf den Kopf hören, nicht nur auf das andere. Jetzt, mit fünfzig, dürfte keine Gefahr mehr drohen, außerdem habe ich alle Hände voll mit der Firma zu tun. Letztes Jahr stand sie auf der Shortlist für den Dynamo-Preis für Unternehmerische Initiative.

Nigel war so traurig, als ich ihn kennenlernte. Ist ja auch traurig, als Witwer mit drei kleinen Kindern dazustehen. Aber nach einiger Zeit war die Traurigkeit weg! Er findet mich wundervoll. Er liebt sogar meine schiefe Nase – er bezeichnet sie als römisch. Noch so eine Knorpelproblemzone, die steht als Nächstes auf der Liste. Er findet mich trotzdem schön. Selbst jetzt, nach zwölf Jahren, kann der Gute sein Glück kaum fassen. Und ich auch nicht. Das Patentrezept für eine glückliche Ehe!

Ich verlor mich in Gedanken. Eher untypisch für mich, normalerweise bin ich hoch konzentriert. Wahrscheinlich eine Nachwirkung der Narkose, dieses Schwummrige, dachte ich. Oder es lag an dem ungewohnten Gefühl, etwas tun zu müssen, was mich nicht interessierte. Ich riss mich zusammen.

»Und woran liegt es Ihrer Meinung nach?«, fragte ich, als der Mann lautlos mit einem einarmigen Liegestütz auf die Beine sprang. Wirklich beeindruckend!

»Erst ich prüfe Kondensatorspulen«, antwortete er und griff zu einem seiner circa zwanzig Schraubenzieher.

»Okay«, sagte ich. Dann fragte ich: »Und vermissen Sie Russland? Die russische Landschaft? Rings um London ist ja nicht viel Landschaft.«

Er drehte sich zu mir um. »*Gute* Landschaft rings um London.«

»Wirklich? Wo denn?«

»Brentwood.«

»Brentwood?«

»Sehr gute Landschaft«, wiederholte er.

Bevor er es sich verkneifen konnte, flog ein Lächeln über sein Gesicht.

»Gut Paintball in Brentwood.«

Etwas in der Richtung hatte ich mir schon gedacht. Ich sah ihn förmlich vor mir, wie er mit seinem Gotcha-Gewehr von Baum zu Baum huschte.

Ein einziges Mal hatte ich mich zum Paintball überreden lassen, noch bei Renfrew damals. Eine Teambildungsmaßnahme. Wir mussten in sehr unvorteilhafte gepolsterte Schutzanzüge steigen, eine Vollmaske aufsetzen, in der man Platzangst bekam, und einen unbequemen Halsschutz umlegen, damit man nicht am Kehlkopf getroffen wurde. Gotcha-Gewehre feuern mit erstaunlich hoher Mündungsgeschwindigkeit.

Die Zielvorgabe lautete, dem anderen Team bei einem Angriff die Fahne wegzunehmen und ins eigene Camp zu bringen. Irgendwann hatte ich die Fahne ergattert, und während ich, im Zickzack, wie man es uns beigebracht hatte, immer den Geschossen ausweichend, zu unserer Basis zurücklief, packte mich plötzlich ein merkwürdiges, fieses Hochgefühl. Während ich lief und lief, sah ich an den Bäumen und Hindernissen in meinem Blickfeld die Farbflecken aufspritzen, Türkis und Hellgrün und Knallgelb, jede Farbe des Regenbogens, außer Rot natürlich. Ich brachte die Fahne ins Camp, und wir gewannen, aber ich war trotzdem froh, dass es vorbei war.

»Paintball tut weh«, sagte ich.

Er holte sein Handy hervor und wischte darauf herum. »Manche Leute schießen kurze Distanz. Nix gut.«

Auf dem Foto, das er mir zeigte, sah man einen männlichen Oberkörper mit mehreren großen, tiefblauen, strahlenförmigen Blutergüssen.

»Autsch«, sagte ich und gab ihm das Handy schnell zurück. Ich kam mir vor, als hätte ich ein Pornofoto betrachtet. Ich fragte nicht, wer das war; ich wollte es nicht wissen.

Clio hatte erst vor Kurzem eine Einladung zum Paintball aus der Schule mitgebracht, und ich war nicht unglücklich gewesen, als sie wegen eines anderen Termins nicht hingehen konnte.

Mein Status als Stiefmutter bringt mehrere Vorteile mit sich. Man steht sich nah, und die Kinder lieben einen, aber alles ohne das emotionale Kuddelmuddel. Als Stiefmutter kann man genauso weiterarbeiten wie jemand ohne Kinder.

Ich verdiene natürlich mehr als Nigel, erheblich mehr sogar. In den letzten zehn Jahren ist es mit meiner Firma stetig bergauf gegangen, während sein Job als Uni-Dozent und vor allem die Festanstellung zunehmend unsicher und das Gehalt kleiner wurde. Überhaupt ist er auf der akademischen Karriereleiter nicht so weit hinaufgekommen, wie es ihm vielleicht möglich gewesen wäre, aber das scheint ihm nichts auszumachen. Vielleicht schreibt er ja nach seiner Pensionierung ganz unerwartet einen Bestseller, sage ich immer.

Eigentlich sollte man das nicht sagen, aber bei der Anstellung von Frauen bin ich extrem vorsichtig. In der Praxis heißt das, dass ich keine Frau einstelle, die weniger als ihr Partner verdient. Ich muss hundertprozentig sicher sein, dass der Job für jeden Mitarbeiter an allererster Stelle innerhalb der jeweiligen familiären Rangordnung steht. Bloß keine Frauen, die mit einem Alphamännchen verheiratet sind! Die kann ich mir schlicht nicht leisten.

Aber zurück zum Gefrierschrank. Die Kondensatorspulen waren es offenbar nicht.

»Jetzt prüfe ich Verdampfergebläse«, erklärte er, wieder in seinem Werkzeugkasten kramend.

»Okay«, sagte ich und begann mir einen Kaffee zu machen. »Noch ein Glas Wasser?«

Er nickte kurz.

Schon komisch, wie das mit dieser Russlandreise damals ausging. Mr. Petrossian zeigte sich zwar genauso clever und beredt wie bei unserem ersten Treffen während der Londoner Messe, hatte aber in Moskau auf Papier nichts Brauchbares über sein Unternehmen vorzuweisen. Er habe alle Fakten und Zahlen im Kopf, erklärte er, weil eine schriftliche Niederlegung nicht sonderlich ratsam sei. Es kam zu keinem Geschäftsabschluss, was mir im Nachhinein nicht leidtut. Russland ist noch immer nicht aufgewacht. Sie sind nach wie vor nur in Bezug auf Rohstoffe gut; Güter, deren Kauf sich lohnen würde, produzieren sie nicht. Nein danke, dachte ich, da bleibe ich doch lieber bei der Faseroptik.

Georgia legt sich hin und wieder wegen des bösen Kapitalismus mit mir an. Sie studiert Politikwissenschaft, Geschichte, Mathematik und Volkswirtschaft. Bestnoten, ein schlaues Mädchen, da hört man sich die Argumente gern an. Der neoliberale Kapitalismus in Großbritannien und den USA habe zu einer erschreckenden Ungleichheit geführt, schleudert sie mir jedes

Mal entgegen. Die Regulierungen brächten nichts, alles würde nur schlimmer statt besser. Stimmt, sage ich. Deutschland macht es richtig, erklärt sie mir; Unternehmerkapitalismus, mehr Gleichheit und eine Arbeitnehmerschaft, die Hand in Hand mit dem Management statt dagegen agiert. Was natürlich sehr attraktiv klingt.

Ja, in Deutschland herrscht mehr Gleichheit, sage ich zu Georgia, aber diese Gleichheit wird nur um den Preis einer stärker in Traditionen verhafteten und weniger vielfältigen Gesellschaft erreicht. Die Nachteile wiegen die Vorteile auf. Wusstest du, dass es in Deutschland ein Wort für arbeitende Mütter gibt, *Rabenmütter*? Da siehst du, wie konservativ sie dort sind! So geht es immer hin und her. Und dabei entsteht Geschichte. Wir leben nun einmal innerhalb unserer Zeit.

»Und wozu ist dieser Draht gut?«, fragte ich den Mann, als er ein weiteres Teil aus seinem Kasten holte.

»Stoße ich durch Ablaufrohr«, antwortete er und schob den Draht in ein kleines Loch in der Wand, die den Kühlschrank mit dem Tiefkühler verband. »Vielleicht ist verstopft. Kleine Stücke Essen.«

»Wie bei meinem Knie!«, rief ich und erzählte ihm von meiner Schlüsselloch-OP.

»Viele Fußballer machen diese Operation«, sagte er, den Blick stirnrunzelnd ins Kühlschrankinnere gerichtet. »Knorpelprobleme.«

Meine Brüder sind in Middlesbrough geblieben und reden zurzeit nicht mit mir. Dass ich mehr verdiene als sie, hat den Familienfrieden empfindlich gestört. Auch dies ist ein Bestandteil des mit zunehmender Härte geführten Bürgerkriegs, der seit geraumer Zeit landauf, landab in den Familien tobt: Nord gegen Süd, Bruder gegen Schwester, London gegen den Rest. Ich hatte Glück, ich bin genau zur rechten Zeit nach London gezogen. Dieses Jahr habe ich achtundzwanzig Angestellte.

Der Mann war inzwischen fast eine Stunde da, und allmählich bekam ich das ungute Gefühl, dass die ganze Sache reine Zeitverschwendung war und er demnächst sagen würde, er müsse ein Ersatzteil bestellen oder wir sollten besser gleich eine neue Kühl-Gefrier-Kombination kaufen, obwohl das Gerät erst drei Jahre alt war. Doch als ich meine Zweifel äußerte, versicherte er mir, er könne es auf jeden Fall reparieren. Super, dachte ich.

Allerdings zog es sich ziemlich lang hin.

Ich fragte ihn, was er vom derzeitigen russischen Präsidenten halte.

»Starker Mann«, sagte er und nickte anerkennend, während er an einem Einstellrad hinter der Wodkaflasche drehte.

Starker Mann?, dachte ich. *Noch* einer?

Hatten die nicht schon genug starke Männer gehabt? Plötzlich ein Flashback. »*Was* sagst du? *Was* sagst du?« Ein Schlag. Dann – »Du hast es nicht anders gewollt!«

Es geschah immer, wenn man etwas infrage stellte, und später dann, wenn man überhaupt etwas sagte. Ich bin aufgestanden. Ich bin weggegangen. Ich bin entkommen. Klassischerweise ist der Mann, in den man sich später verknallt, wieder ein Schlägertyp. Muss aber nicht sein.

»Russland braucht starke Männer.« Er ging zum Spülbecken, um sich die Hände zu waschen.

Ich betrachtete die breiten Schultern und den sich nach unten verjüngenden Rücken, das elegante Dreieck seines Oberkörpers, und plötzlich tauchte das völlig gegensätzliche Bild des gebeugt in seinem Wagen sitzenden Taxifahrers in mir auf, der mich am Abend zuvor vom Krankenhaus nach Hause gebracht hatte und mir von *seinen* Kindern erzählen wollte. Der hatte eine echte Macho-Geschichte auf Lager gehabt.

Seine erwachsene Tochter sei Hedgefonds-Managerin und habe gerade eine miese Beziehung hinter sich, teilte er mir mit.

»War Versicherungsheini, ihr Freund. Im ersten Jahr ging es noch, dann ist er eifersüchtig geworden, krankhaft eifersüchtig, wenn Sie wissen, was ich meine. Er hat die Hand gegen sie erhoben.«

»Übel«, sagte ich.

»Mein Sohn ist hingefahren, es gab Streit, und dann hat mein Sohn *seine* Hand gegen ihn erhoben und ihm eine ordentliche Abreibung verpasst. Nur gut, dass ich nicht da war. Dann wäre er nämlich durchs Fenster geflogen.«

»Ja«, sagte ich.

»Vor fünfzehn Jahren ist mein Sohn in Wood Green verprügelt worden. Schon lustig, ausgerechnet in Wood Green« – an dieser Stelle triefte seine Stimme vor Sarkasmus –, »und danach, also nachdem er verprügelt wurde, hat er mit Sport angefangen und irgendwas mit einem komischen Namen trainiert. So ähnlich wie Karate, aber Karate wars nicht. Jedenfalls kann er seitdem auf sich aufpassen. Und seine Schwester und er waren immer ganz eng.«

Manchmal weiß man einfach nicht, was man sagen soll. Das letzte Mal habe ich diesen Ausdruck gehört, als mir mein Tischherr beim Dynamo-Galadinner erklärte: »Ich habe noch nie die Hand gegen meine Frau erhoben. Habe ehrlich gesagt nie den Drang danach verspürt.« Wahrscheinlich erwartete er, dass ich ihm gratulierte. Gut gemacht, Sir!

Die Wahrheit ist. Die Wahrheit ist, dass einem damals niemand geglaubt hat. »Kommt schon mal vor, dass einem die Hand ausrutscht«, hieß es, wenn man in die Notaufnahme musste. Wenn man es einer Lehrerin erzählte, passierte gar nichts. Die Polizei amüsierte sich köstlich. »Der ganze Aufwand wegen nichts und wieder nichts«, hieß es immer, und wenn es Spuren gab, »der ganze Aufwand«.

Der Mann war immer noch dabei, irgendetwas am Gefrierschrank einzustellen. Ich begann in der Küche aufzuräumen, stellte ein paar Tassen in den Geschirrspüler und rückte den Bücherstapel und die Unterlagen auf der Anrichte gerade.

»Meine Tochter nimmt im College gerade Russland durch«, sagte ich. »Möchten Sie mal einen Blick in ihr Lehrbuch werfen?«

Ich hielt es ihm hin. Er war aus dem Gefrierschrank hervorgekommen, um sein Wasser zu trinken. Er warf mir über die Schulter hinweg einen Blick zu und schüttelte den Kopf.

»Aber es geht da um Russland«, sagte ich perplex.

»Lügen.«

Ich blinzelte und lachte kurz auf. Erst dann wurde mir klar, dass er es nicht scherzhaft gemeint hatte.

»Nein, wirklich, es geht da um Geschichte.«

»Lügen«, sagte er noch einmal, presste die Lippen zusammen und steckte den Kopf wieder in den Kühlschrank.

Wow, dachte ich. Der Hammer!

Ich konnte es kaum erwarten, Nigel mitzuteilen, dass er seit Jahren auf dem völlig falschen Dampfer war, weil er seine Zeit mit Mesopotamien und so weiter verschwendete. Lügen! Ich schob das Buch wieder in den Stapel mit Georgias College-Sachen auf der Anrichte.

Für den Abend meines geschäftlichen Aufenthalts in Moskau hatte Mr. Petrossian einen Tisch in einem riesigen, vor Marmor strotzenden Sushi-Restaurant reserviert. Ich kam etwas zu früh und wurde an einen Tisch auf dem Balkon geführt, von wo aus ich die gewaltigen Kronleuchter betrachten konnte, deren Licht die essenden Männer ringsum beschien. Am Nachbartisch saßen zwei Gangstertypen, die sich ständig anknurrten, wenn sie nicht gerade irgendetwas in ihre Handys grunzten. Ihnen gegenüber saßen, von den Männern konsequent ignoriert, zwei sehr junge, stark geschminkte Mädchen, starr wie gefangene Prinzessinnen, schweigend.

Lügen habe ich darüber nie erzählt, aber ich habe geschwiegen. Ein Geheimnis ist keine Lüge. Stolz bin ich nicht darauf. Als mich die anderen Mädchen wegen meiner schiefen Nase fragten, sagte ich, jemand hätte mich bei einem Doppel mit dem Schläger erwischt. Es stimmt also nicht, dass ich nie darüber gelogen habe. Ich habe sehr wohl gelogen!

Aber das waren die Siebziger, eine ganz andere Zeit. Eine völlig andere historische Periode. Und mein Dad wirkte sehr glaubwürdig.

Ich hatte allmählichgenug. In meinem Knie pochte es; ich musste es ruhig stellen.

»So, repariert!«, sagte der Mann triumphierend und schloss die Gefrierschranktür.

Nach einem Blick auf seine Uhr kritzelte er etwas auf den Rapportzettel. Dann packte er das Werkzeug zusammen. Ich sah ihm zu.

»Gut gemacht«, sagte ich.

Ich fühlte mich seltsam erschöpft.

Mir fiel ein, dass ich ihn fragen musste, woran es denn gelegen hatte. Ich hatte Nigels Haushaltsmappe nicht vergessen, aber aus irgendeinem Grund vorübergehend das Vertrauen in sie verloren. So nützlich ist sie wohl auch wieder nicht, dachte ich, sonst wäre ja schon seit Jahren alles geklärt bei uns. Was, wenn es beim nächsten Mal nicht die Kondensatorspule oder das Verdampfergebläse ist? Was, wenn es dann ein völlig anderes Teil des Gefrierschranks betrifft? Und selbst wenn wir mithilfe seiner Aufzeichnungen herausfinden, wo das Problem liegt, würde das nichts daran ändern, dass es wieder ein Problem gibt.

Ich fragte dann aber doch, schrieb mir genau auf, was er sagte, und fügte das Datum hinzu. Nigel hat mich noch nicht *ein* Mal enttäuscht, seit wir uns kennen, und es gab nie einen Grund, seine Methode anzuzweifeln. Ich jedenfalls wollte ihm seine akribisch gesammelten Unterlagen nicht versauen.

Cheapside

»Die Frage lautet: Handelt man fahrlässig, indem man einen lebenden Körper in einen Sarg legt?«, sagte ich und blickte ihn über meine Lesebrille hinweg an.

Weil ich ihn, so weit ich es verstanden hatte, davon überzeugen sollte, dass Jura Spaß machen kann und sich als Studienfach durchaus empfiehlt, hatte ich einen ungewöhnlichen kleinen Fall aus einer uralten Ausgabe der *Law Gazette* herausgesucht, mit dem ich sein Interesse zu wecken hoffte.

Der Junge, Sam, wirkte irgendwie altmodisch. Dünn, blond, ein Pickelgesicht mit traurigen blauen Augen. Er fühlte sich eindeutig unwohl in seinem glänzenden Pennäleranzug und blickte mürrisch und etwas gequält drein. Sehr zuversichtlich war ich nicht, aber ich hatte es seinem Vater versprochen, und so legte ich mich weiter ins Zeug.

»Der Fall begann damit, dass ein Anhalter bei Regen durch einen jugoslawischen Wald ging«, sagte ich.

»Jugoslawien ... Serbien zum Beispiel?«

»Ja, genau, die Gegend da unten. Serbien, Kroatien und, äh, ein paar andere Länder. Aber das Ganze passierte in den Siebzigerjahren, da war Jugoslawien noch ein einziger großer kommunistischer Staat.«

Seine Miene hellte sich auf. »Ich war im Sommer in Belgrad. Interrail.«

»Sehr schön«, sagte ich, um zu verhindern, dass er ins Erzählen geriet.

Sams Vater hatte mir im Frühsommer nach meinem Zusammenbruch im Fitnessstudio gehörig den Kopf gewaschen und gegen meinen Willen – was nicht leicht ist, wie Ihnen jeder bestätigen wird –, darauf bestanden, dass ich nicht zu dem fest eingeplanten Meeting, sondern in die Notaufnahme fuhr, womit er mich wahrscheinlich vor weit Unangenehmerem als dem bisschen Ballon-Hokuspokus bewahrte. Vielleicht sogar vor dem Tod. Da hatte ich schlecht Nein sagen können, als er mich wegen seines Sohns ansprach. Im August herrscht wegen der Gerichtsferien ohnehin Flaute. Anders als früher ist eine Herzoperation heutzutage keine große Sache mehr; eher Klempnern auf höchstem Niveau, kombiniert mit ein paar Zaubertricks. Man bläst winzige Ballons in den Arterien auf, um Engstellen zu beseitigen. Aufschneiden nicht mehr nötig! Noch in derselben Woche saß ich wieder in der Kanzlei. Alles war reibungslos verlaufen.

Jedenfalls musste sich Sam im nächsten Schultrimester auf ein Studienfach festlegen. In die Fußstapfen seiner Eltern, beide Allgemeinmediziner, wollte er nicht treten, und so hatte man mich ausgesandt, ihn zum Jurastudium zu überreden. Darüber hinaus sollte ich ihm quasi in letzter Minute ein Ferienpraktikum anbieten, das im alles entscheidenden Motivationsschreiben Erwähnung finden konnte. So wie er mir nun gegenübersaß, traute ich ihm allerdings kaum mehr zu als ein bisschen Dödelarbeit am Kopierer.

»Dein Dad hat mir erzählt, dass du noch nicht genau weißt, welches Fach du an der Uni studieren willst«, sagte ich.

»Stimmt.«

»Aber Arzt wie er willst du nicht werden.«

»Blut!« Er schüttelte sich.

»Was ist dein Lieblingsfach in der Schule?«

»Weiß nicht.« Er zuckte mit den Achseln. »Geschichte ist ganz okay, manchmal.«

»Geschichte – sehr gut. Ein guter Weg in eine juristische Laufbahn. Durch die Beschäftigung mit der Geschichte bekommt man Praxis im Analysieren von Ereignissen und lernt, Informationen zu gewichten und aus Fakten die richtigen Schlussfolgerungen zu ziehen.«

»Ich weiß aber nun mal nicht, was ich später werden will«, sagte er mit plötzlichem Nachdruck. »Ich will das jetzt noch nicht entscheiden.«

»Verstehe.«

»Freiheit!« Er warf mir einen leicht irren Blick zu.

»Freiheit? Ach so, Freiheit versus Sicherheit. Ja, ja.«

»Vielleicht setze ich einfach ein Jahr aus.«

»Also, das würde ich mir an deiner Stelle gut überlegen«, wandte ich ein. »Die besten Jura-Fakultäten im Land ziehen nämlich inzwischen Studenten vor, die das nicht tun, weil sie in einer solchen Auszeit ›ihren Biss verlieren‹, wie es so schön heißt.«

Er senkte den Blick und zog die Mundwinkel nach unten.

»Kommen wir auf unseren Tramper zurück«, sagte ich. »Nachdem er eine Zeit lang im Regen herumgelaufen war, gelang es ihm, ein Auto anzuhalten. Der Fahrer gab ihm von der Kabine aus mit einem Nicken zu verstehen, dass er auf die Ladefläche des offenen Lastwagens springen solle. Kaum dort oben angelangt, entdeckte er zu seiner nicht sonderlich großen Begeisterung den Sarg. Aber da es in Strömen regnete und er meilenweit von der nächsten Stadt entfernt war, machte er das Beste daraus und setzte sich daneben. Bis hierher alles klar?«

»Ja.«

Der Junge trug keinerlei Verantwortung. Er war noch ein Kind.

Abi ist jetzt eins, Ava drei. Ich empfinde es als Privileg, das alles noch einmal zu erleben, und hoffe, den einen oder anderen Fehler zu vermeiden, den ich beim ersten Durchgang mit Hannah und Martha gemacht habe.

Wieder von jemandem gebraucht und begehrt zu werden, noch dazu von einer so attraktiven jungen Frau wie Lauren, war nach den trostlosen Jahren nach der Scheidung das tollste Gefühl überhaupt. Seit den beiden Kleinen natürlich etwas weniger, aber immerhin. Gut, Lauren könnte meine Tochter sein, was mir Hannah und Martha schon mehrfach unter die Nase gerieben haben. Aber das macht mir nur umso deutlicher bewusst, welches Glück diese zweite Chance bedeutet. Außerdem achte ich dadurch mehr auf meine Gesundheit und sorge dafür, dass ich noch eine ganze Weile am Leben bleibe, damit ich Abi und Ava im Studium helfen kann. Steak mit Pommes sind jedenfalls vom Speiseplan gestrichen!

»Da sitzt er nun eine Zeit lang, unser Tramper«, fuhr ich fort, »und plötzlich hebt sich der Sargdeckel, und jemand fragt: ›Hat es aufgehört zu regnen?‹ Woraufhin der Tramper mit einem Entsetzensschrei vom fahrenden Laster springt und sich den Fuß bricht.«

»Idiot.«

»Warum?«

»Weil er überreagiert hat.«

»Möchten Sie jetzt bestellen, Sir?«, fragte der Kellner, der mit gezücktem Block an unseren Tisch getreten war.

»Wir brauchen noch ein paar Minuten«, erwiderte ich und widmete mich wieder der Speisekarte.

Austern natürlich nicht, schließlich enthält »August« kein R. Gebratene Sardinen, Räucheraal, Rochen in Nussbutter. Ich hatte dieses hundert Jahre alte Fischrestaurant unter anderem ausgewählt, um Sam ein bisschen an die Traditionen der City heranzuführen, hauptsächlich aber, weil ich seit den Stents vernünftig sein will. Ich entschied mich schließlich wegen der größeren

Sättigungskraft für den Rochen. Ohne die Nussbutter selbstverständlich.

Der Junge war siebzehn, ich sechsundfünfzig. Er wusste nicht, dass es später wahrscheinlich viel mehr Mühe kosten würde, wenn er sich jetzt alle Optionen offenhielt. Die Begeisterung seiner Eltern für Jura war mir allerdings leicht suspekt. Jeder intelligente Jugendliche studiert heutzutage Jura oder absolviert einen Qualifikationskurs für Nichtjuristen, sodass der Beruf völlig überlaufen ist. Wie auch immer – seine Eltern wollten davon nichts hören, und so machte ich weiter.

»Du solltest erst mal Geschichte studieren und danach den Jura-Kurs für Nicht-Juristen belegen. Das würde das Ganze ein bisschen nach hinten verschieben.«

Einen solchen Kurs belegen sie jetzt alle, die Kinder meiner Kollegen, sobald sie ihren Abschluss in Ethnologie oder Geschichte oder Altnordistik haben. Was für ihre Eltern enorme Kosten mit sich bringt, wie ich hinzufügen möchte. Ich weiß, wovon ich rede, weil auch meine eigene Tochter Hannah unbedingt diesen Weg einschlagen wollte. Fühlte sich schon komisch an, als wir im Juni bei ihrer Abschlussfeier wieder alle vier zusammen waren. Bev war ganz grau geworden, seitdem ich sie zuletzt gesehen hatte. Sie hatte ihre wilde Mähne behalten und sah damit ziemlich exzentrisch aus. Laurens Haar ist spiegelglatt.

»Sollte das für dich nicht infrage kommen, könntest du vielleicht in niedrigerer Funktion, als Assistent, in einer Kanzlei arbeiten.«

»Was? So wie *Medizinischer* Assistent?«, fragte er entsetzt.

»Nein, nicht ganz.«

Mir war früh klar gewesen, dass ich Anwalt werden musste. Für die Naturwissenschaften hatte ich kein Talent und zum Lehrerdasein keine Lust. Und sich von Berufs wegen streiten zu dürfen und dafür Geld zu bekommen, klang nicht übel. Bev sagte immer, für den unwahrscheinlichen Fall, dass mir jemals ein Wappen verliehen würde, müsse in einem der vier Felder unbedingt ein abgekautes Ohr zu sehen sein.

Als ich mein Referendarexamen ablegte, waren weibliche Juristen noch ziemlich rar gesät, während es zum Zeitpunkt unserer Scheidung nur so von ihnen wimmelte. Es liegt eben in der Natur der Sache, dass viele Frauen nach der Geburt ihrer Kinder nur in Teilzeit arbeiten, aber immerhin verdienen sie in diesem Beruf trotzdem gutes Geld und leisten erstklassige Dienste in nachgeordneten Funktionen. Man kann nämlich keinen großen Fall übernehmen, ohne wirklich alles zu geben, aber das hat Bev nie kapiert. Intensivstes Arbeiten mehrere Wochen am Stück – da bleibt das Privatleben natürlich bis zu einem gewissen Grad auf der Strecke.

Sie war immer so emotional.

»Was ist ein Buck Rarebit?«, fragte der Junge.

»Ein Welsh Rarebit mit einem pochierten Ei.«

»Was ist ein Welsh Rarebit?«

»Geröstetes Brot mit geschmolzenem Käse«, antwortete ich. »Lernt ihr denn überhaupt nichts in der Schule?«

Er wurde über und über rot, sogar an der Stirn.

»Kleiner Scherz.« Insgeheim dachte ich, dass er es ohne ein bisschen mehr Pep nicht sehr weit bringen würde.

Wir lernten uns in der Hochphase des Punk auf einer Studentenfete im Corpus Christi College in Cambridge kennen. Unter den mittelalterlichen Deckenbalken tanzten alle Pogo, sprangen um die Wette herum – absolut lächerlich –, und Bev, die Geschichte studierte, lachte mich und die anderen Jurastudenten an, als wir zu *I Fought the Law and the Law Won* tanzten. Was ist eigentlich aus dem Punk geworden? Ich habe noch immer meine Vinyl-LPs in Giftgrün und Bubblegum-Pink – die Sex Pistols, Siouxsie and the Banshees, The Clash.

Ich sah mich wegen der Bestellung nach dem Kellner um. Die glänzende cremeweiße Wandfarbe, die Holztäfelung und die Edelstahlkännchen mit der Sauce tartare erinnerten mich ans College, ebenso die Aquarell-Karikaturen von Staatsmännern des neunzehnten Jahrhunderts unterhalb der Decke und die signierten Kricketschläger und Sporthemden, die in Glaskästen an der Wand hingen.

Wir profitierten beide von der Phase, als Oxbridge die Proleten reinließ. Mein Vater leitete eine Filiale der Mac-Fisheries-Supermärkte in Southport, ihrer arbeitete als Schulhausmeister in Lewisham, der alte Stinkstiefel. Das war Mitte der Siebziger, als das ganze Land darniederlag und wir in den Drei-Tage-Wochen getrennt voneinander bei Kerzenlicht unsere Hausarbeiten schrieben. Damals herrschte Endzeitstimmung, aber dann schafften wir es in die Achtziger, und alles wurde global.

Unsere Generation hatte wirklich Glück. Die ganze Welt stand uns offen. In den letzten dreißig Jahren haben es alle möglichen nicht gerade umwerfend intelligenten Leute extrem weit gebracht. Klar, man musste ziemlich viel Zeit investieren, aber selbst denen, die nicht hart arbeiteten und kaum Ehrgeiz hatten, ging es besser als ihren Eltern. Allerdings nur, wenn sie im Süden lebten. Und viele von uns sind ja damals auch runtergezogen.

Bev sagte immer, man sollte doppelt so viele Anwälte einstellen und ihnen dafür nur die Hälfte zahlen. Dann würden sie immer noch reichlich verdienen und hätten obendrein ein Leben außerhalb der Arbeit. Sie hat es einfach nicht kapiert. Es gibt nun mal keine Work-Life-Balance. Genau das ist der springende Punkt: Man kann nicht gleichzeitig engagiert und entspannt sein! Entweder stellst du dich den Herausforderungen und akzeptierst den Vierzehn-Stunden-Tag oder eben nicht. Natürlich haben auch Anwälte ein Leben jenseits der Arbeit, was aber nicht ausschließt, dass man auch mal eine Nacht oder einen Urlaub durcharbeitet, sorry!

»Kennst du die Geschichte von der Grille und der Ameise, Sam?«, fragte ich.

»Ja«, antwortete er missmutig. »Hat mir mein Dad irgendwann erzählt.«

»Gut. So, dann zurück zu unserem Tramper mit dem gebrochenen Bein.«

»Dem Idioten.«

Allmählich dämmerte es mir, dass ich wohl besser auf das abgedroschene Beispiel mit dem verspeisten Schiffsjungen und das allseits bekannte Gerichtsurteil in dieser Sache zurückgegriffen hätte.

Es ist eine Frage der Einstellung, hätte ich ihm am liebsten gesagt; es hat mit Ausdauer und Durchsetzungskraft und sogar Mut zu tun. Der Rugbyspieler, beispielsweise, der sich seine herausgesprungene Kniescheibe mitten auf dem Spielfeld selbst wieder einrenkt und weitermacht.

»Was ist dein Lieblingssport?«, fragte ich ihn.

»Sport liegt mir nicht.«

War ja klar.

Unseren Eltern ging es noch prima: sichere Jobs und so gut wie keine Arbeitslosigkeit. Man hatte genug, ohne schuften zu müssen. Und eine anständige Rente obendrein! Lange her. Für uns läuft es anders, und das wollte ich Sam vor dem Ende unseres Treffens begreiflich machen. Mit Larifari kommt heute keiner mehr durch, nicht mal im öffentlichen Dienst.

Bev sagte immer, genug ist genug – wir können uns glücklich schätzen, weil wir in einem Land mit kostenlos zugänglichen Schulen und gebührenfreier medizinischer Versorgung aufgewachsen sind. Lass uns aus

London wegziehen und das Beste daraus machen! Ihrer Vorstellung nach sollte ich der City den Rücken kehren und eine Kanzlei auf dem Land eröffnen, ein bisschen Testamentsvollstreckung, ein bisschen Grundstücksübertragung. Sie hat einfach nie kapiert, dass auch diese Klitschen inzwischen ziemlich kämpfen müssen. Alle haben sich damit abgefunden, dass es die Sicherheit, früher das Merkmal unserer Profession, nie mehr geben wird.

Außerdem wäre mir das zu langweilig gewesen.

»Je mehr ein Mann ab einem bestimmten Punkt verdient, umso weniger halte ich von ihm«, hat Bev immer gesagt. Kompletter Schwachsinn. »Ach, und wann wäre dieser Punkt erreicht?«, fragte ich. »Wenn man genug hat«, antwortete sie. Das war so ein Familienspruch; ihre Großmutter in Catford verwendete den Ausdruck immer, wenn sie uns fragte, ob wir satt seien: Habt ihr genug? In den Jahren vor dem ersten Kind waren wir jeden Sonntag zum Mittagessen oder zum Tee bei ihr.

Gott sei Dank hat Lauren überhaupt nichts von einem alten Hippie an sich. Nein, Lauren ist durch und durch vernünftig.

Bev lastete sich die Schande der globalen ökonomischen Ungleichheit, die Schuld der weltweiten Gier gar selbst an. Als ob es nicht schon immer so gewesen wäre! Jede normale Frau hätte Stolz empfunden angesichts dessen, was wir erreicht hatten. Wir haben ja nichts geerbt – keinen lumpigen Penny haben wir von unseren Eltern gesehen. Lauren dagegen verfügt über ein gesundes Anspruchsdenken. Vielleicht eine Frage der Generation.

Eine Scheidung ist nicht lustig, ganz bestimmt nicht. Erstaunlich, wie sehr mir das Ganze auch so viel später noch zu schaffen macht. Aber das Leben geht weiter.

Der Kellner erschien mit einem großen, hellen, an Fleisch erinnernden Rochenflügel für mich und einer kleinen, angekohlten Scheibe Brot mit überbackenem Käse für den Jungen.

»Willst du wirklich nicht noch etwas dazu?«, fragte ich. »Machst du eine Diät, oder was?«

Sofort breitete sich wieder dieses zornige Dunkelrot auf seinem Gesicht aus.

»Ich mag keinen Fisch«, murmelte er angewidert nach einem kurzen Blick auf meine Portion.

»Tja, das ist schade«, sagte ich.

Ich hätte ihn auf ein Sandwich im Krypta-Café von St Mary-le-Bow einladen sollen und fertig. Dann hätte ich ihm die perfekt zwischen den Hochhäusern der City eingepassten Kirchen zeigen und ihn darauf hinweisen können, wie eine von Wren erbaute Kirche einen Bürokomplex gewissermaßen im Arm hält. Ich hätte ihm die Statue der Justitia zeigen sollen, hoch oben auf Old Bailey, mit dem Schwert in der rechten und der Waage der Gerechtigkeit in der linken Hand – das hätte ihn wahrscheinlich wesentlich stärker beeindruckt als dieser Lunch.

»Zurück zu unseren Trampern«, sagte ich.

Er warf mir einen trostlosen Blick zu.

»Folgendes war passiert: Zuvor war ein anderer Tramper, nennen wir ihn Tramper Nummer eins, auf die Ladefläche gestiegen, hatte sich in den leeren Sarg gelegt und den Deckel geschlossen, um sich vor dem Regen zu schützen. Dann bekam er mit, dass der Fahrer wegen eines weiteren Anhalters stoppte – nämlich für den, um den es uns geht, und den wir Tramper Nummer zwei nennen wollen –, blieb jedoch im Sarg, weil es, wie er hören konnte, noch immer schüttete. Als der Regen kurz darauf nachließ, hob er den Deckel an, und was dann passierte, wissen wir ja.«

»Ja, er hat sich das Bein gebrochen.«

»Also, was meinst du?«

»Tramper Nummer zwei war ein Idiot. Und Tramper Nummer eins war total bescheuert, weil er sich in einen Sarg gelegt hat.«

»Wieso? Er selbst würde es als gesunden Menschenverstand bezeichnen. Es ist doch sehr vernünftig, irgendwo unterzukriechen, um nicht nass zu werden...«

»Wenn er unbedingt trocken bleiben wollte, hätte er eben auf einen Laster mit Plane warten müssen.«

»Hat er aber nicht!«, blaffte ich ihn an.

Unsereins, also Anwälte mit meinem sozialen Hintergrund, die sich nach den Vorlesungen regelmäßig Gerichtsserien wie *Crown Court* ansahen, wollten damals Strafverteidiger werden. Ha! Heute sagen sie, sie würden nur Menschenrechtsfälle übernehmen. Haha! Ist doch klar, dass wir nach und nach bei den Körperschaftssteuerfällen, Gewerbeimmobilien und Schiedsverfahren gelandet sind.

Bev verglich Anwälte immer mit den kleinen Vögeln, die den Krokodilen ins Maul fliegen und die verfaulten Fleischreste zwischen den Zähnen fressen. Ganz weit unten in der Nahrungskette, hieß es da spöttisch. Nur gut, dass ich über ein ziemlich dickes Fell verfüge. Braucht man, wenn man Anwalt ist. Als Erstes bringen wir die Rechtsgelehrten um! Shakespeare. In den Beliebtheitsumfragen dürften wir gleichauf mit den Politikern liegen, was auch insofern logisch ist, als heutzutage jeder zweite Politiker Anwalt ist oder war.

»Sam, ich glaube, wir müssen uns die Sache differenzierter und mehr im Detail ansehen.«

Ich verlor allmählich die Geduld.

»Das englische Recht würde in diesem Fall danach fragen, ob ein Fahrlässigkeitsdelikt vorliegt«, fuhr ich fort. »Was Fahrlässigkeit ist, weißt du?«

»Nein.«

»Das ist ein Vergehen in Fällen, in denen keine Vertragsbeziehung besteht. Es führt zu zivilrechtlicher Haftung.«

Sam wirkte ratlos, verwirrt und entmutigt.

»Weißt du, was ein Vertrag ist?«

»Zum Beispiel, wenn man einen Deal macht?«

»Genau«, erwiderte ich leicht entnervt. »Ein Vertrag ist eine schriftliche oder mündliche rechtlich durchsetzbare Vereinbarung, und dass unser Tramper und der Lastwagenfahrer keinen Vertrag miteinander geschlossen haben, dürfte damit offensichtlich sein. So weit alles klar?«

Er nickte.

»Wir haben es hier mit einem Fall von Fahrlässigkeit zu tun, weil weder mündlich noch schriftlich irgendetwas vereinbart war. Es lag weder eine Geschäfts- noch eine Tauschbeziehung vor, okay?«

Wieder nickte er ohne jede Begeisterung.

»Ein englisches Gericht würde nun wahrscheinlich danach fragen, ob in diesem Fall aufgrund einer hinreichenden Proximität des Fahrers beziehungsweise des Trampers Nummer eins zu Tramper Nummer zwei vom Bestehen einer Sorgfaltspflicht auszugehen ist.«

Er starrte auf den Teller und begann kleine Bröckchen von seinem Käsebrot abzureißen.

»Kannst du mir folgen?«, fragte ich ihn.

»So einigermaßen«, murmelte er.

So einigermaßen reicht nicht, dachte ich.

»Gut, ich versuche mich klarer auszudrücken. ›Proximität‹ ist der juristische Begriff für ein Näheverhältnis, das eng genug ist, um Anlass zu einer Sorgfaltspflicht zu geben.«

»Was ist Sorgfaltspflicht?«

»Was könnte es denn sein?«

»Klingt wie etwas, was man tun muss, wenn man heiratet.«

»Wie bitte?«

»Oder wenn man Kinder kriegt. Man muss sorgfältig

mit ihnen umgehen. Man hat die Pflicht, sie sorgfältig zu behandeln.«

»Nein, das ist es nicht.«

Ich seufzte.

»Pass auf, ich gebe dir ein Beispiel«, fuhr ich fort. »Wenn ich jemanden in meinem Auto mitnehme, habe ich ihm gegenüber eine Sorgfaltspflicht. Bis hierher verstanden?«

Er nickte.

»Ich habe die Pflicht, dafür zu sorgen, dass mein Fahrzeug verkehrstüchtig ist und ich sicher fahren kann. Ich habe gegenüber meinem Fahrgast eine Sorgfaltspflicht, okay?«

»Okay.«

»Hat der Lastwagenfahrer deiner Meinung nach eine Sorgfaltspflicht gegenüber den Trampern, die er mitnimmt?«

»Wenn er sie nicht in seinen Truck einlädt, sondern sie ihn fragen, hat er keine.«

»Aha. Du argumentierst also, dass du, wenn du selbst um die Mitfahrt bittest, dies auf eigenes Risiko tust?«

»Ja.«

»Damit würdest du dich auf den Rechtsgrundsatz *Volenti non fit iniuria* berufen!«

»Hä?«

Er riss seine blauen Augen auf und glotzte mich fragend an.

»Dem Einwilligenden geschieht kein Unrecht.«

»Ja«, sagte er. »Nein.«

Mit dreiundvierzig war die Belastungsgrenze erreicht. Klassische Midlife-Crisis, nehme ich an. Zwei Kinder, eine dicke, fette Hypothek, und Bev sah nach wie vor nicht ein, warum sie meine berufliche Karriere ernst nehmen sollte. »Wir sind doch nicht im Krieg«, sagte sie. »Wir *müssen* doch nicht so leben.« Verglich mich mit einem Hausbesitzer, der die Miete einstreicht, sich ansonsten aber um nichts kümmert. Ich käme nur noch zum Auftanken heim, hätte das Haus in eine Reparaturwerkstatt verwandelt. Ich wolle sie und die Kinder behalten, aber nicht bei ihnen sein, hieß es, den Pelz gewaschen kriegen, ohne nass gemacht zu werden. Im Rückblick war es, als hätte man eine permanent nörgelnde und alles zersetzende fünfte Kolonne im Haus.

Was ich konkret ändern sollte, konnte sie mir allerdings nicht sagen. Auf Lehrer umschulen? Taxifahrer werden? Wohl eher nicht. Einmal bezeichnete ich ihren kleinen Job in der Verwaltung eines Kulturbetriebs im Affekt als »reinen Luxus«, und das vergaß sie natürlich nie. »Ich komme selbst für meinen Lebensunterhalt auf! Ich verdiene mein eigenes Geld!« Dabei *war* ihr Job zu diesem Zeitpunkt reiner Luxus. Angesichts ihres niedrigen Einkommens wäre es wesentlich einfacher gewesen, wenn sie akzeptiert hätte, dass der Haushalt und die Kinder allein ihre Sache waren; wenn sie sich ausschließlich darum gekümmert und das lachhafte Gerede von Hausfrauenstress und gerechter Aufteilung, das ganze ewige Gejammer, unterlassen hätte. Verglichen mit dem, was ich inzwischen nach Hause brachte, war ihr Verdienst geradezu armselig. Trotzdem wollte sie partout weiterarbeiten, da sie sich ja sonst ganz in meine Hände begeben würde und gar nichts mehr zu melden hätte.

Laurens derzeitiger Teilzeitjob im Personalmanagement wirft erheblich mehr ab, als Bev je verdient hat, aber *sie* reitet nicht ständig darauf herum. Sie weiß, wessen Job der wichtigere ist. Der wichtigere Job ist der, bei dem mehr herausspringt. Ist doch sonnenklar.

Ich hatte währenddessen das helle Fleisch streifenweise von dem geriffelten Rochenflügel abgezogen. Der Fisch schien mir nicht übermäßig frisch zu sein, aber ich war hungrig und langte kräftig zu. Doch irgendwann ließ sich der leichte Ammoniakgeruch nicht mehr ignorieren. Das Ding stank nach Urin – und mit zwei Wickelkindern zu Hause weiß ich, wovon ich rede. Ich rief den Kellner an den Tisch.

»Der Rochen ist ganz frisch, Sir«, erwiderte der Mann. »Ich habe mit eigenen Augen gesehen, wie er heute Morgen geliefert wurde.«

Er nahm den Teller, den ich ihm hinhielt, und schnupperte am restlichen Fisch.

»Also, gesundheitsgefährdend ist das nicht.«

Es entstand eine Pause.

»Möchten Sie mit dem Geschäftsführer sprechen?«, fragte er halbherzig.

Ich sah zu Sam hinüber, der aufgrund des kurzen Wortwechsels grün um die Nase geworden war, und entschied mich dagegen. »Der Fisch kann weg«, sagte ich. »Aber bitte noch ein paar Brötchen. Und die Dessertkarte.«

Schließlich waren wir mitten in den Hundstagen und ziemlich weit vom Meer entfernt.

Als mir die Partnerschaft in einer der Magic-Circle-Kanzleien[1] angeboten wurde, eskalierte das Ganze. Jede normale Frau hätte sich wahnsinnig gefreut für ihren Mann, sie aber sagte, wenn ich dann jeden Tag noch länger arbeiten müsse, solle ich ablehnen. Das wäre unzumutbar, meinte sie. Unzumutbar! In Wahrheit war *sie* unzumutbar!

Ich solle zwei Mal pro Woche um acht zu Hause sein, damit wir zusammen essen könnten. Wenn ich ihr verspräche, dass ich zwei Mal pro Woche um acht zu Hause sei, würde sie bleiben und mich unterstützen. *Das* war unzumutbar! Wie hätte ich das versprechen sollen, wenn ich Partner in dieser Sozietät werden wollte! Völlig ausgeschlossen! Nicht zwei Abende pro Woche. Nicht mal *einer*!

»Sagt dir der Begriff ›Magic Circle‹ etwas?«, fragte ich Sam, der in die Dessertkarte vertieft war.

Zu meiner großen Überraschung hob er sofort den Kopf und sagte: »Ja.«

»Was weißt du darüber?«

»Dass es der wichtigste Verein auf der Welt ist.«

»Gar nicht so verkehrt«, erwiderte ich und lehnte

---

[1] *Magic Circle*: die fünf umsatzstärksten Kanzleien Londons. (Anm. d. Ü.)

mich sehr zufrieden über den Gang des Gesprächs auf meinem Stuhl zurück. Vielleicht war er doch nicht ganz so ahnungslos, wie er aussah. »Haben dir deine Eltern davon erzählt? Oder die Berufsberater in der Schule?«

»Nein«, entgegnete er verwundert. »Ich war mit Freunden am Tag der offenen Tür da.«

»Am Tag der offenen Tür?«

»Ja, das war super. Wenn wir achtzehn sind, werden wir Mitglieder.«

»Ganz so dürfte das nicht laufen«, sagte ich, aber nach und nach dämmerte es mir. »Was für ein Tag der offenen Tür war das denn?«

»Sie veranstalten regelmäßig Besuchstage in der Zentrale in Euston.«

»Wer?«

»Die Leute vom Magic Circle.«

»Moment mal – was ist an diesem Besuchstag passiert?«

»Die haben da echt unfassbare Kartentricks vorgeführt«, erklärte er in vollem Ernst. »Aber die mit den Münzen waren auch der Wahnsinn.«

Ich seufzte.

Er begann mit einer Fünfzig-Pence-Münze an seiner angeschmutzten Hemdmanschette herumzufummeln, offenbar um mir einen Zaubertrick zu zeigen.

»Schon gut, schon gut«, sagte ich.

Jedenfalls trat ich in die Magic-Circle-Kanzlei ein, und meine Frau haute ab. Hätte ich nie gedacht, aber so kams. Madame machte sich einfach vom Acker. Ich war trotz ihrer Einwände auf das Angebot eingegangen, weil ich natürlich gehofft hatte, sie würde Vernunft annehmen. »Manchen Leuten genügt es offenbar, viel Geld zu besitzen«, sagte sie. »Aber wer ein Herz hat, für den ist diese Art zu leben brutal.« Sie wird bald zur Besinnung kommen, dachte ich. Sie wird mit dem Geflenne aufhören und nicht mehr mitten in der Nacht auf mich losgehen. Ich konnte es mir damals schlicht nicht leisten, allzu viel über dieses Theater nachzudenken. Und dann war sie plötzlich weg und hatte die Kinder mitgenommen. »Was soll das Ganze, wenn du nie da bist?«, hatte sie noch gemurmelt.

Das Teuerste, was du dir jemals im Leben einhandeln kannst, ist eine Scheidung, hätte ich dem Jungen am liebsten gesagt, um ihm einen guten Rat mitzugeben. Manchmal macht es mich richtig wütend, dass Bev ihren mickrigen Job nicht an den Nagel gehängt und ihre Energie in den Kauf von Mietimmobilien gesteckt hat wie einige schlauere Frauen, die ich kenne, Laurens Mutter beispielsweise. Dann könnte ich es jetzt nämlich ein bisschen lockerer angehen. Stattdessen zeigt sich mir der Golfplatz derzeit nur als ferne Fata Morgana.

Sie leitet jetzt zusammen mit einem Mann mit Pferdeschwanz irgendein Festival in Norwich. Lyrik, Yoga, solche Sachen. Mit der Balance hatte sie es schon immer; jetzt kann sie fünf Minuten mit geschlossenen Augen auf einem Bein stehen. Schön für sie! Achtsamkeitskurse gibt sie auch. Einatmen, ausatmen. Unglaublich, was man heutzutage für so etwas berechnen kann.

Dass ich karrieretechnisch nicht ganz so weit vorankam wie geplant, lag auch an der von mir leicht übertriebenen Selbstmedikation, wie man das heute wohl nennt. Zum Glück schaffte ich mit Laurens Hilfe rechtzeitig den Absprung. Lauren arbeitete in unserer Personalabteilung, sah, was los war, und rettete mich. Sie gab mir Liebe, als ich so ziemlich am Tiefpunkt war, und dafür schulde ich ihr großen Dank.

»Was ist Spotted Dick?«, fragte Sam und sah leicht grinsend von der Dessertkarte auf.

»Ein Pudding aus Korinthen und Rindernierenfett, in Scheiben geschnitten und mit Vanillesauce serviert«, erklärte ich ihm leicht angewidert. Schmeckt zwar bei Weitem nicht so eklig, wie es klingt, aber für mich kam Spotted Dick definitiv nicht mehr infrage. Erdbeeren ohne Sahne, das musste reichen.

Ich hatte mich im Fitnessstudio schon eine ganze Weile nicht recht auf dem Damm gefühlt, als es passierte, sagte mir aber, ich dürfe nicht so ein Waschlappen sein, und erhöhte die Laufbandsteigung. Unmittelbar bevor ich stürzte und das Bewusstsein verlor, schoss mir noch die Frage durch den Kopf, ob ich meine abrechenbaren Stunden auf den neuesten Stand gebracht hatte, und unglaublicherweise konnte ich die Frage noch im Fallen bejahen.

Lauren schwebt eine Zukunft voller Abenteuer für uns vor – Erlebnis- und Kulturreisen zu viert, sobald die Mädchen groß genug sind. Auf der Seilrutsche durch den Amazonas-Regenwald, Gorillas in Vulkankratern, solche Sachen. Auch von den Galapagosinseln war bereits die Rede. Manchmal frage ich mich, ob sie vielleicht mit meinem baldigen Ableben rechnet und vorab Bildmaterial für das Fotoalbum anhäufen will. Lauren ist ein sehr vorausschauender Mensch.

Irgendwer muss das ja übernehmen. Auch um diese Dinge muss sich jemand kümmern. Gesunde Ernährung und körperliche Bewegung! Stellen Sie sich Ihr Herz wie ein Stück Kaugummi vor, sagte der Physiotherapeut; wenn Sie es nicht ständig dehnen und kauen, verkommt es zu einem harten, unelastischen Klumpen.

Ich gab mir einen Ruck und fragte: »Also, was meinst du, Sam? Musste hier irgendwer vernünftigerweise davon ausgehen, dass es zu einer Verletzung kommen könnte?«

Hartnäckigkeit lautet die Devise. Daran musste er sich gewöhnen, wenn er Anwalt werden wollte.

»Der Lastwagenfahrer wohl eher nicht, oder?«, hakte ich nach. »Er saß vorn auf seinem Sitz, im Trockenen, weshalb für ihn nicht absehbar war, dass ein Tramper im Sarg lag. Siehst du das auch so?«

»Ja.«

Heutzutage heiraten die meisten Anwälte Leute aus ihrem beruflichen Bereich. Dann wissen beide Parteien, worauf sie sich einlassen. Bev hat sich nie darauf eingelassen. Sie wusste nicht, worum es ging, was vielleicht meine Schuld war, weil ich ihr ein Leben aufzwingen wollte, das sie nie im Sinn gehabt hatte.

»Weiter, Sam! Konnte Tramper Nummer eins eine Verletzungsgefahr vorhersehen?«, drängte ich. »Mit diesem Argument hätte man mehr Aussicht auf Erfolg. Den meisten Leuten wäre es doch peinlich oder sie würden befürchten, jemanden zu erschrecken, wenn sie den Kopf aus einem Sarg strecken und fragen, ob es noch immer regnet.«

»Stimmt«, antwortete Sam völlig unerwartet. »Wenn überhaupt, dann hat Tramper Nummer eins etwas falsch gemacht. Er hat nicht... Also, er hat nicht *nachgedacht*. Er hat sich nicht in den anderen reinversetzt.«

»Ah, mangelnde Vorstellungskraft! Das ist zwar kein Vergehen, aber man könnte durchaus der Ansicht sein, dass es eines sein sollte.«

»Er hat einfach nur an sich gedacht.«

»Das ist kein Verbrechen.«

»Aber er war *dumm*.«

»Ebenfalls kein Verbrechen.«

Ich bin inzwischen fast so weit, dass ich das mit dem Langsamertreten doch lieber bleiben lasse. Hannah besucht jetzt einen Qualifikationskurs für Nichtjuristen, und Martha möchte ihren Master in Psychologie machen, da werde ich noch eine ganze Weile blechen müssen. Ganz abgesehen von den happigen Anzahlungen, die fällig werden, wenn die beiden einmal eine Immobilie kaufen wollen. Und für unsere Töchter Abi und Ava fordert Lauren völlig zu Recht die gleiche Unterstützung. So wie es aussieht, werde ich also in absehbarer Zukunft beruflich noch sehr stark eingespannt sein.

Mit der wachsenden Zahl der Arbeitsjahre wird es nicht unbedingt leichter. Erst kürzlich wurde mir mitgeteilt, dass ich meinen Platz im Lockstep-System nicht behalten könne, es sei denn – allein dieser Ausdruck! –, ich bringe in den nächsten Jahren unsere Kanzlei in Dubai auf Vordermann. Außerdem kursieren Gerüchte, wonach unser Vergütungssystem von Lockstep auf Merit-Based umgebaut werden soll – also nach dem Prinzip »Die Mandanten, die du erlegst, gehören dir«, wie es so schön heißt –, was für mich derzeit nicht gerade günstig wäre. Deshalb war ich gut beraten, besser heute als morgen in die vorgeschlagene Regelung einzuwilligen.

Ich habe es mir doppelt und dreifach überlegt, das muss ich zugeben. Bei meinem Aufenthalt in Dubai, wo ich Russell McKie, unseren Mann vor Ort, konsultieren sollte, hatte ich den starken Eindruck, dass Russell nicht mehr ganz dicht war. Auch er arbeitete wegen des Schulgelds für seine Kinder dort. Er selbst wuchs in einer Wohnsiedlung auf, aber seine Söhne sollen natürlich nach Eton gehen. Blablabla – ich kam überhaupt nicht zu Wort. Für mein Dafürhalten war er da drüben viel zu sehr allein mit seinen Gedanken.

Der Flughafen ist riesig – also der von Dubai. Gesteckt voll, als ich um drei Uhr morgens dort ankam. Und kilometerlange gigantische Autobahnen und Hochstraßen. Die Stützpfeiler der Hochstraßen waren verziert und unglaublich schick. Alles war neu. Unwirklich, irgendwie. Richtig gefallen hat es mir nicht.

Aber was sein muss, muss sein, und ich bin schließlich nicht mehr der Jüngste. Schnelle und effiziente rechtliche Lösungen in jeder Zeitzone, so lautet unser Credo, und Dubai ist nun einmal aufgrund seiner perfekten Lage der Schlüssel zur Erfüllung dieses Anspruchs. Dubai ist der Ort, den sich der Nahe Osten für den Handel mit dem Westen auserwählt hat.

Skype erleichtert das Ganze natürlich ein bisschen. Gutenachtgeschichten könne man auch am Bildschirm vorlesen, meinte Russell, das ist schon mal was. Lauren möchte in Putney bleiben, um in der Nähe ihrer Mutter zu sein, und auch ihren Job behalten. In den Ferien fliegen sie dann rüber, außer zwischen Mai und Oktober natürlich, wenn die Temperaturen dort auf fünfundvierzig, fünfzig Grad im Schatten steigen und das Meer zu heiß zum Schwimmen ist.

An den Wochenenden büffle ich die Scharia sowie die sehr clever jeden direkten Zinswucher umgehende Murabaha-Finanzierung. *Das* nenne ich einen Fall von »Wasch mir den Pelz, aber mach mich nicht nass«!

Und natürlich muss ich keine Steuern zahlen. Zwei Jahre dort entsprechen somit vier Jahren zu Hause. Allerdings nur, wenn sie mich auf meiner aktuellen Lockstep-Stufe belassen.

Ein bisschen wünsche ich mir schon, dass sie mit den beiden Kleinen zu mir nach Dubai zieht, aber ich glaube nicht, dass ich sie dazu überreden kann. Lauren ist extrem willensstark, sobald sie sich einmal etwas in den Kopf gesetzt hat.

Neulich meinte sie, ich könne dann ja in meiner Freizeit den einen oder anderen Wälzer lesen, zu dessen Lektüre ich bisher nicht gekommen bin, *Krieg und Frieden*, *Moby Dick*...

Auf jeden Fall wäre ich rechtzeitig zurück, um eine gigantische Geburtstagsparty zu meinem Sechzigsten vorzubereiten, sofern das Herz mitspielt.

»So, dann ziehen wir mal Bilanz«, sagte ich und verputzte meine letzten Erdbeeren. »Wie lautet dein Urteil, Sam?«

»Schuldig«, antwortete Sam, während er die restliche Biskuitrolle vom Teller kratzte.

»Das Wort ›schuldig‹ gehört eigentlich ins Strafrecht«, sagte ich, »aber ich lasse es ausnahmsweise durchgehen. Meiner Ansicht nach können wir stichhaltig nachweisen, dass aufseiten von Tramper Nummer eins fahrlässiges Verschulden vorliegt, nicht wahr?«

»Absolut.«

Er sah mich an und begann zu grinsen – wahrscheinlich vor Erleichterung darüber, dass es gleich ausgestanden sein würde.

»Und danke fürs Essen«, fügte er hinzu.

»Es war mir ein Vergnügen.« Ich wollte zahlen und versuchte den Kellner auf mich aufmerksam zu machen.

Der Junge war nicht der Einzige, der es eilig hatte. Mich erwartete um halb drei in Crutched Friars eine Besprechung mit einem angereisten Anwalt des bulgarischen Wasserunternehmens, mit dem wir gerade in

Verhandlungen standen, und wenn ich pünktlich sein wollte, musste ich los.

»Na dann, viel Glück!«, sagte ich, als wir uns draußen auf dem Gehsteig die Hand gaben.

»Ihnen auch«, erwiderte er mit seinem arglosen Lächeln. An seiner Krawatte klebte Marmelade von der Biskuitrolle.

Während ich nach einem Taxi Ausschau hielt, sah ich ihm nach, wie er in den sonnigen Nachmittag hineinspazierte, und fragte mich, was er da mit den Händen unter dem Kinn machte. Sekunden später riss er sich die Krawatte vom Hals und stopfte sie in die Tasche. Seine Eltern waren nicht zu beneiden. Er lockerte kurz die Schultern, machte einen kleinen Hopser wie eine Ziege oder ein Lamm, und lief los. Keine Ahnung, ob er überhaupt wusste, wohin. Gekommen war er jedenfalls aus der genau entgegengesetzten Richtung. Aber er war erstaunlich schnell; er flog geradezu die Cheapside hinunter. Hätte ich ihm gar nicht zugetraut. Dann summte mein BlackBerry, und als ich wieder aufsah, war er wohl schon in die Bread Street eingebogen.

Arizona

18:07 NADELN

»Spüren Sie das?«
 »Ja! Aua!«
 »Gut.«
 »Es zieht ein bisschen, ist das in Ordnung?«
 »Ja. Das ist der sogenannte therapeutische Schmerz.«
Sie starrte an die Decke und kam sich vor wie eine Geige, die gestimmt wird. Das Eindrehen der haarfeinen Nadeln, unterbrochen von der Messung verschiedener Akupunktur-Punkte, fühlte sich wie ein Feintuning an.

»Und das?«, fragte Mae noch einmal, während sie eine weitere Nadel setzte.

»Ja, aber nicht so stark«, antwortete Liz.

Das Ganze basierte offenbar darauf, dass gestaute Flüssigkeiten mittels kleiner Schocks wieder in Bewegung gebracht wurden. Akupunktur half angeblich bei all den chronischen Geschichten, die die Ärzte so sehr hassten – Autoimmunkrankheiten, Reizdarm, Asthma, Rückenschmerzen. Zumindest so weit sie es verstanden hatte.

»Würden Sie sagen, dass die Migräne diesmal in der Intensität weniger heftig war?«, fragte Mae.

»Nein, leider nicht. Sogar schlimmer. Lichtblitze, Übelkeit. Ich habe wieder im abgedunkelten Zimmer flachgelegen. Aber in der letzten Sitzung haben Sie ja gesagt, dass es in den Wechseljahren verschwinden kann.«

»Ja, manchmal verschwindet es einfach«, sagte Mae lächelnd und mit leicht hochgezogenen Brauen. »Aber ich will Ihnen nicht zu viel versprechen.«

Wieder wurde es still. Mae stand neben Liz, hielt ihr Handgelenk und fühlte ihren Puls. Dieses behutsame Pulstasten machte einen ziemlich großen Teil der Akupunktursitzungen aus. So weit sie verstanden hatte, gab es zwölf verschiedene Pulstaststellen, je sechs an jedem Handgelenk, mit deren Hilfe der zentrale Puls in leichten diagnostischen Abwandlungen gemessen werden konnte. Und die Veränderungen in der Pulsqualität, die eintraten, sobald Mae eine weitere Nadel in einen der ungefähr achthundert Akupunktur-Punkte stach, zeigten ihr, was als Nächstes zu tun war. Oder so ähnlich. Auf jeden Fall war es eine stille, äußerst gewissenhaft auszuführende und mit großem Vertrauen verbundene Angelegenheit, die Liz als seltsam beruhigend empfand.

Das kaum möblierte Zimmer war sauber und hell, aber ohne die grellen Leuchtstoffröhren des Krankenhausraums, in dem sie letzte Woche den Facharzt aufgesucht hatte. »Seien Sie einfach glücklich!«, hatte er ihr am Ende der ergebnislosen Untersuchung ziemlich herablassend gesagt. Ihre Hausärztin hatte kurz geschnaubt, als sie es ihr erzählte. »Noch so ein Facharzt, der einer Frau mittleren Alters einreden will, sie sei hysterisch!« Jedenfalls war sein Rat nicht erkennbar wissenschaftlicher ausgefallen als das, was Mae bisher gesagt hatte.

»Woran arbeiten Sie gerade?«, fragte Mae, während sie Liz' Arm vorsichtig auf den Tisch zurücklegte.

»An einem Tagungsbeitrag über das Risorgimento für eine Konferenz im Senate House nächste Woche. Mazzinis Freiheitskampf bis aufs Blut uns so weiter.«

»Risorgimento?«

»Die große Unabhängigkeitsbewegung im neunzehnten Jahrhundert.«

»Ach ja«, murmelte Mae mit gespieltem Ernst. »Ich verstehe zwar kein Wort, klingt aber sehr beeindruckend.«

Mae war Liz von einem Kollegen an der Fakultät für Geschichtswissenschaft empfohlen worden, der an Schlaflosigkeit litt. Er hatte ihr sehr ernsthaft versichert, dass er sich schon seit Monaten nicht mehr so wohlfühle und eine Nadel zwischen den Brauen das Mittel schlechthin gegen Schlafbeschwerden sei. Daraufhin hatte Liz beschlossen, es sich einmal unvoreingenommen anzusehen.

»Mazzini war ein wirklich eindrucksvoller Mensch. Jahrelang im Exil, trotzdem hat er nie aufgegeben. Auch wenn Marx ihn als ›alten Esel‹ bezeichnet hat.«

Mae zuckte mit den Achseln. »Geschichte ist komplett an mir vorbeigegangen. Ich bin mit den Regeln in der Schule nie klargekommen, mit dieser Unfreiheit. Hat einfach nicht funktioniert. Ich war immer die Rebellin.«

»Und ich die Streberin«, sagte Liz. »Eigentlich bis heute.«

»Also, ich war ziemlich wild.«

»Scheint Ihnen nicht geschadet zu haben.«

»Da bin ich mir nicht so sicher.«

Wieder herrschte Stille. Liz genoss die seltsame, aber angenehme, da unaufdringliche Intimität, die zwischen Mae und ihr sehr schnell entstanden war. Weil es außerhalb des kargen, stillen Raums keinen Kontakt gab, konnten sie bereden, was ihnen gerade einfiel. Maes gepolsterte Liege löste die Zunge für hellsichtig Dahingesagtes; und weil man sich nur sporadisch sah, führten sie ungewöhnlich verträumte, von Schweigen unterbrochene Gespräche.

18:15 GRUSELIG

In der Sitzung davor hatte Mae ihr während der Anamnese lachend mitgeteilt, sie seien beide fast gleich alt. Im selben Monat vor fünfzig Jahren geboren, stand für sie nun der nächste große Schritt in die Lebensmitte an. Wie, fragte sich Liz, wird es ohne die erhöhte Empfindlichkeit sein, die sie immer kurz bevor es losging, zyklisch überkam? Und, um die Scham, den reflexartig auftauchenden Vorwurf der Wehleidigkeit in sich abzuwehren:

Warum sollte man sich das Eigenleben des Körpers beim Überschreiten dieser neuen Schwelle *nicht* eingestehen?

»Man erwartet ja von uns, dass wir darüber in Angst und Schrecken verfallen«, sagte sie.

»Also, ich nicht«, erwiderte Mae. »Und Sie?«

»Ich auch nicht«, antwortete Liz ein wenig überrascht. »Aber die anderen schon. Die Männer und die jüngeren Frauen. Deshalb habe ich außer mit Ihnen noch nie mit jemandem darüber gesprochen.«

»Stimmt, die Männer haben richtig Schiss davor. Man darf es kaum erwähnen. Aber die Periode natürlich auch nicht.«

»Sogar die Bezeichnungen sind gruselig. Der Fluch, der Wechsel.«

»Ja, ›der Wechsel‹ – wie ein schlimmes Schicksal! Aber ›Menopause‹ ist auch nicht besser. Das *klingt* schon so weinerlich: Menno!«

»Mennopause.«

Sie lachten leise vor sich hin.

Wenn Liz manchmal aus einem wirren Traum erwacht war, blieb sie reglos liegen und versuchte ihn einzuholen, bevor er verschwand. Starr, mit geschlossenen Augen und ohne die kleinste Kopfbewegung, als könnte schon eine winzige Verschiebung die flüssige Traumgeschichte zum Kippen bringen, ihre Oberflächenspannung zerstören und den flüchtigen nächtlichen Fang verschütten. Auch hier musste sie still halten – selbst jetzt, während sie sich vor Lachen sanft schüttelte –, um nicht die langen, dünnen, silberglänzenden Nadeln zu verlieren, die aus ihrem Gesicht ragten und bei jeder Bewegung leicht erzitterten.

Als das Gelächter der beiden Frauen verklungen war, sagte Liz: »Wussten Sie, dass der Ausdruck ›Die ist in den Wechseljahren‹ die größte Beleidigung überhaupt darstellt?«

»Ich dachte, das F-Wort wäre die größte Beleidigung«, erwiderte Mae mit gesenktem Blick und professioneller Zurückhaltung.

»Aber das ist ein Hauptwort, und ›in den Wechseljahren‹ eine ganze Redewendung. Mit ›in den Wechseljahren‹ ist man komplett abgeschrieben.«

»Stimmt.«

»Das F-Wort drückt eher Hass aus.«

»Im Gefängnis ist es auch ein Schimpfwort unter Männern«, sagte Mae.

»Tatsächlich? Na ja, wird wohl so sein.«

»In Russland nennt man das F-Wort auch den kleinen Geldbeschaffer der Frauen.«

»Das ist widerlich. Also, wir würden uns das nicht sagen lassen!«

Les grandes horizontales, dachte Liz, während sie an die Decke starrte. So hießen im neunzehnten Jahrhundert die Pariser Kurtisanen. Wenigstens dürfen wir heutzutage auch auf anderen Gebieten Geld verdienen und bekommen manchmal sogar denselben Lohn wie die Männer. Sozialer Aufstieg, vertikale Beförderung, zumindest in großen Teilen der Welt.

»In der traditionellen chinesischen Medizin wird sie ›Geheimnisvolles Tor‹ genannt«, sagte Mae nach einer langen Pause. »Oder auch ›Beischlafmuskel‹.«

»Hmm. Interessant. Aber so richtig passend klingt beides nicht.«

»Nein.«

»Man kann natürlich einfach ›Scheide‹ sagen, aber ich mochte das Wort nie, weil es mit Waffen zusammenhängt. Trotzdem ist es wahrscheinlich immer noch das treffendste.«

Sie schwiegen einige Sekunden lang.

»Ich würde jedenfalls nie Muschi oder Pussy sagen oder was es da alles gibt«, fügte sie hinzu.

»Nein, man sollte das nicht so personalisieren«, sagte Mae.

»Genau, finde ich auch. Ist auch ganz in Ordnung so. Wenn es ein gutes Wort dafür gäbe, würden sie es doch nur wieder durch den Dreck ziehen.«

18:19 AUGUST

Akupunktur könne bei schubweise auftretenden chronischen Beschwerden sinnvoll sein, hatte Mae ihr zu Beginn der Sitzungen mit aller Vorsicht erklärt. Wenn es mittels Akupunktur gelinge, Entzündungen dauerhaft zu hemmen, könne man dem Patienten zu mehr Lebensjahren verhelfen, die nicht von schlimmen Symptomen beeinträchtigt seien. Schubweise zurückkehrende und immer wieder auftretende Entzündungen seien nicht schön. Was die Menopause betreffe, so habe sie, Mae, an ihren Patientinnen beobachtet, dass es reines Glück sei, wie schwer es eine Frau erwische.

»Die einen haben Pech, denen geht es schlecht.« Sie stand hinter Liz am Kopfende der Liege und überprüfte die Nadeln in der Kopfhaut. »Nächtliche Schweißausbrüche, klatschnasse Laken. Die müssen mitten in der Nacht aufstehen und das Bett frisch beziehen.«

»Wir aber nicht!«, sagte Liz und verdrehte die Augen zu Liz hinauf wie ein Rennpferd.

»Niemals«, erwiderte Liz trocken.

Sie schwiegen. Mae ging zu dem Holzstuhl in der Ecke, setzte sich und studierte ihre Notizen.

»Interessant«, sagte sie. »Ihre Migräne tritt fast immer in derselben Zykluswoche auf.«

Der bleierne, von Träumen durchsetzte Schlaf letzte Woche, dachte Liz; die Kopfschmerzen, die Trägheit, der tief sitzende Widerwille, sich zu bewegen ... Würde all das verschwinden – mitsamt dem jähen dumpfen Verlangen, sich in ihr Inneres zurückzuziehen?

»Ich betrachte die Wechseljahre als zusätzliche Zeit«, sagte Mae nach einer weiteren Gesprächspause. »Wenn ich irgendwo anders auf der Welt geboren wäre, könnte ich längst tot sein.«

»Ja. Hier auch, vor ungefähr hundert Jahren. Reines Glück. Trotzdem wäre es nicht schlecht, ungefähr zu wissen, wo wir gerade stehen. Schon kurz vor dem Ende? Erst in der Mitte?«

»Ich sage mir immer, wir sind ungefähr im August«, erwiderte Mae versonnen. »Ganz am Ende des Sommers.«

August, dachte Liz. Plötzliche Kühle mitten in Hitze und Helligkeit. Was voller Zuversicht üppig wuchs, beginnt zu vergammeln. Der Monat hatte etwas Unbekümmertes, Wildes. Selbstbewusst. Stark. Staubgeruch und plötzliche Gewitter.

»Ich sage Ihnen jetzt mal, wie ich darüber denke«, fuhr Mae fort. »Ganz unter uns.«

Schweigend hob sie noch einmal Liz' Arm und zählte stumm ein paar Sekunden.

»Ich mache vor dem Einschlafen immer eine Art Spiel – ich teile die Jahre ein. Bis zum zehnten Lebensjahr ist man in Wartestellung, da vergeht die Zeit langsam. Da ist man meiner Rechnung nach im Januar und Februar. Von zehn bis zwanzig im März und April. Dann kommt der Mai. Der hält bis zum Dreißigsten an, weil man in dieser Phase endlich ganz in der Welt ist.«

»Okay«, sagte Liz lächelnd. »Dann dauert der Juni von dreißig bis vierzig, der Juli von vierzig bis fünfzig und der August bis sechzig.«

»Der September bis neunundsechzig. Dann beginnt der Herbst oder das frühe Alter oder wie man es nennen will. Die Siebziger sind der Oktober. Wenn man Glück hat, ist das noch immer frühes bis mittleres Alter. Und November und Dezember bilden die Phase des mittleren bis hohen Alters. Denn wir brauchen uns nichts vorzumachen – über hundert werden wir wahrscheinlich nicht.«

»August klingt gut«, sagte Liz.

18:24 SHIBUI

»So, wenn Sie jetzt die Lider schließen würden – ich möchte gern etwas Neues ausprobieren und Nadeln in die Augenhöhlen setzen.«

»Wirklich? Einen Moment noch, bitte«, sagte Liz. »Also, Liften würde bei mir gar nicht gehen, was? Okay, jetzt können Sie.«

Sie schloss die Augen, überließ sich ihren Gedanken, atmete sich durch jede kleine Schrecksekunde beim Eindrehen der Nadeln.

»Und wie geht es Ihnen mit dem Älteraussehen?«, fragte sie, die Augen weiterhin geschlossen. »Setzt es Ihnen zu?«

Eine Zeit lang blieb es still im Raum.

»Damit tut man sich in manchen Berufen schwerer als in anderen«, erwiderte Mae schließlich. »Eine Klientin von mir ist Schauspielerin, ziemlich berühmt. Es heißt ja immer, eine Frau muss sich zwischen ihrem Gesicht und ihrem Hintern entscheiden. Also, sie hat sich für den Hintern entschieden, und jetzt bereut sie es.«

»Geschieht ihr recht.«

»Na, ich weiß nicht...«

»Apropos«, sagte Liz. »Ist Ihnen schon mal aufgefallen, dass man vom Gesicht eines Mannes nie auf die Größe seines Hinterns schließen kann?«

Mae richtete den Blick zur Decke und überlegte in die Stille hinein.

»Stimmt«, erklärte sie nach einer Weile. »Ja, das ist absolut richtig.«

Schweigend dachten sie darüber nach; Liz mit geschlossenen Augen, Mae den Blick zum Fenster gerichtet. Beide leise kichernd und leicht zuckend vor unterdrücktem Lachen.

»Botox lässt sie sich auch spritzen, diese Klientin«, sagte Mae nach einiger Zeit. »Immer mal wieder ein bisschen, und sie sieht auch wirklich jünger aus, als sie ist. Aber sie selbst findet sich nicht attraktiv, und was soll das Ganze dann überhaupt! Immer wenn sie sich im Spiegel sieht, stöhnt sie auf.«

Ja, das Schwierigste ist, herauszufinden, ob man das eigene Gesicht noch mag, dachte Liz. Es gibt sie, die Schönheit des Alterns. Die Japaner haben ein eigenes Wort dafür, *shibui*. Anemonen und Tulpen lasse ich möglichst lange in der Vase, damit sie wirr herabsinken und die Stängel sich biegen und ausgreifen und rußgesprenkelte Blütenblätter abwerfen. Eigentlich mag ich sie in diesem Stadium am liebsten. Andererseits bin ich keine Vase mit Blumen.

»Geht es?«, fragte Mae, während sie die nächste Nadel setzte. »Spüren Sie das?«

»Aua! Ja.«

Aber was soll der Selbstekel, ermahnte sich Liz. Schließlich würden wir uns auch nicht darüber lustig machen, wie schrecklich unsere Großmütter aussehen. Das wäre gehässig und dem Leben gegenüber respektlos. Es ist kindisch, einen Menschen, auch sich selbst, zu kritisieren, weil er älter aussieht. Und die Gehässigkeit beruht auf Angst.

»Ich habe ganz ehrlich noch nie einen Menschen weniger geliebt, nur weil er älter wurde oder irgendwann älter aussah«, sagte sie. »Nicht einmal Freundinnen, die ich anfangs wegen ihres Äußeren anziehend fand. Normalerweise mag ich sie dann sogar mehr, weil sie verletzlicher werden. Dann empfinde ich vor allem Zärtlichkeit für sie und liebe sie sogar noch mehr. Kennen Sie das auch?«

»Hm, da bin ich mir jetzt nicht so sicher«, sagte Mae.

Einige der Menschen, die ich am meisten geliebt habe, waren ziemlich alt, dachte Liz. Ein oder zwei sogar *sehr* alt – diejenigen, die nie aufgehört haben, zu wachsen und sich zu verändern. Und einige davon, vor allem die mit großem sichtbarem Erfolg, waren im Alter wahrscheinlich viel netter und interessanter als in ihrer nicht so netten, leistungsbetonten Jugend, weil sie verletzlicher wurden.

»Sagen wir, das Alter hat Ihre Liebe zu diesen Menschen nicht verringert«, meinte Mae. »Aber hat es nicht vielleicht bewirkt, dass Sie sie weniger *attraktiv* fanden?«

»Ach so, verstehe. Moment, darüber muss ich nachdenken.«

»Denn darum geht es doch eigentlich«, fuhr Mae fort und begann routiniert eine Nadel nach der anderen aus Liz' Augenhöhlen herauszuziehen.

18:31 SEX

»Ja, das ist alles sehr interessant«, sagte Liz, während sie die Augen öffnete. »Mich würde interessieren, wie das mit dem Sex ist, also, wann das angeblich aufhört.«

Mae zog die Brauen hoch und betrachtete nachdenklich die aufgefächerten Nadeln in ihrer Linken.

»Angeblich gibt es genau zwei Richtungen, in die der Wechsel eine Frau führen kann«, sagte sie zögernd. »Die einen bekommen mehr Lust, und bei den anderen passiert das Gegenteil.«

Auch Liz zog die Brauen hoch. »Was, es kann von einem Tag zum anderen aufhören?«

»Vielleicht will man es irgendwann einfach nicht mehr und trauert der Sache auch nicht nach.«

»Ja, vielleicht«, sagte Liz skeptisch.

Sie war noch immer mit dem Vater ihrer Töchter verheiratet, wobei sich kaum mehr Gelegenheit zum Sex ergab, weil er fast jede Nacht aufblieb, um Textnachrichten schreibend, fluchend, ununterbrochen schimpfend die Rückkehr einer oder beider abzuwarten. Und es konnte immer passieren, dass eine von beiden nach einem enttäuschenden Abend früher heimkam und bei ihnen hereinplatzte. Ihr Schlafzimmer hatte sich im Lauf der Jahre unumkehrbar in einen Treffpunkt für die ganze Familie verwandelt, in ein Zimmer wie alle anderen auch – mit Weihnachtsstrümpfen, kranken Kindern, die verwöhnt werden mussten, langen, heftigen Diskussionen über wichtige

Themen (die Schlafenszeiten beispielsweise), intensiven Analysen faszinierender Teenie-Abende und Nachbesprechungen gemeinsam gesehener Filme. Seinen Vorschlag, die Tür mit einem Riegel zu versehen, hatte sie mit dem Hinweis abgelehnt, das könnte unfreundlich wirken; er hatte trotzdem einen angebracht. »Hahaha die wollen miteinander schlafen!«, hatte es durch die Tür hindurch geklungen, und als würden sie noch bei den eigenen Eltern wohnen, hatten ihr Mann und sie aus Taktgefühl eisern geschwiegen und die Zähne zusammengebissen.

»Manche Klientinnen empfinden es als unglaublich erleichternd, dass ›das‹, wie sie es nennen, vorbei ist«, sagte Mae, während sie eine neue Packung Nadeln öffnete. »Als Nächstes gehe ich an die Schläfen.«

Liz atmete tief ein und schloss wieder die Augen. Das Mittagskonzert in der Woche zuvor in St. Pancras kam ihr in den Sinn, *Der Tod und das Mädchen* von Schubert. Die meisten Köpfe im Publikum waren grau oder weiß gewesen, und der Geruch hatte sich nicht ignorieren lassen – nichts Schlimmes, nur der schwache, aber unverkennbare Geruch von nicht ganz frischen Pullovern und Haaren, mit deren Wäsche man doch noch einen Tag gewartet hat. Diese Menschen erhofften sich nichts mehr.

»Es ist mir unbegreiflich, wie man einen solchen Verlust nicht bedauern kann«, sagte sie.

Wobei das Wort »bedauern« bestimmt zu kümmerlich war.

»Sechzig, fünfundsechzig ist die Grenze, habe ich gehört«, fuhr sie fort. »Fünfundsechzig im Schnitt, angeblich. Bei Frauen *und* Männern.«
»Manche tun es auch noch mit siebzig«, entgegnete Mae. »Oder achtzig.«
»Mit *achtzig*?«
»Anders als früher natürlich.« Mae wirkte nachdenklich. »Reifer. Anders.«
»Ach?«
»Dann ist Kommunikation das A und O.«
»Wie meinen Sie das?«
Doch Mae war wieder verstummt.

18:37 SANDWICH

Ihre eigenen Töchter, fünfzehn und sechzehn, standen ganz am Anfang. Sie hatten sich noch gar nicht an die gewaltigen Veränderungen ihres Körpers gewöhnt, wurde Liz plötzlich klar. Sie schwankten zwischen Genugtuung und Empörung über die neuen Lebensumstände, mit denen sie nun zurechtkommen mussten (und schwiegen darüber, zumindest nach außen hin). In ihrer mondhellen, eben erblühenden Schönheit waren sie gnadenlos kritisch, wenn es um das Aussehen von Liz ging, und furchtbar empfindlich in Bezug auf ihr eigenes. Sie schütteln sich, wenn sie meine Arme sehen, meine Ellbogen, dachte Liz, sind aber auch mit sich selbst unfassbar streng. Wahrscheinlich gehört das einfach dazu. Ich würde ihnen so gern begreiflich machen, wie mühelos schön sie sind.

»Es passiert, wenn man auf der anderen Seite herauskommt«, sagte Liz.

»Auf welcher anderen Seite?«

»Auf der anderen Seite *davon*. Von den fruchtbaren Jahren, falls man Kinder bekommen hat. Aber auch ohne Kinder. Wenn man wieder bei sich selbst ist. Heißt es doch …«

»Meine mittlere Tochter hat gerade eine bulimische Phase«, sagte Mae achselzuckend. »Und meine Mutter ist völlig durch den Wind. Wenn es klingelt, geht sie nackt an die Tür.«

»Puh.«

»Sie sagen es.«

Mae stach die Nadel mit einer Drehbewegung in Liz' rechte Armbeuge.

»Spüren Sie das?«

»Aua! Wir werden ja als die Sandwichgeneration bezeichnet, die natürlich wieder an allem schuld ist. Eingequetscht zwischen den Teenagern und den Alten, nur weil wir erst mit über dreißig Kinder bekommen haben. Aber *den* Schuh ziehe ich mir nicht an!«

Sie schwieg und starrte finster an die Decke.

»Ich kenne eine vierundsechzigjährige Frau, die ihre Kinder mit Anfang zwanzig bekam«, fuhr sie nach einer Weile fort. »Jetzt muss sie sich um ihren dreiundneunzigjährigen Vater kümmern, beherbergt eine ihrer geschiedenen Töchter und darf auch noch den Babysitter für mehrere kleine Enkelkinder spielen!«

»Keiner zwingt sie dazu«, erwiderte Mae ungerührt.

»Ja, das stimmt«, räumte Liz kleinlaut ein.
Stille.
»Obwohl man manchmal wirklich wahnsinnig viel für andere tut«, fügte sie schließlich hinzu.
»Finde ich nicht«, entgegnete Mae. »Wahnsinnig viel? Wirklich?«
»Finden Sie nicht?«
»Manchmal überlasse ich sie alle ihrem Schicksal. Habe ich schon immer gemacht. Ab und zu muss man sich einfach abseilen. Verreisen.«
»Aber wie?«
»Unterstützung einfordern und die wichtigsten Aufgaben verteilen«, antwortete Mae mit einem Schulterzucken. »Jugendherbergen haben keine Altersbeschränkung. Ich muss auch an mein eigenes Leben denken.«
»Und wie schaffen Sie das ohne schlechtes Gewissen?«, fragte Liz nach einer Weile.
»Ich habe immer ein schlechtes Gewissen, aber ich bekämpfe es, indem ich noch mehr tue, was mir gefällt, indem ich mir noch mehr nehme!«
Wieder herrschte Schweigen. Jede hing ihren Gedanken nach.

18:44 KUCHEN

»Ganz habe ich mich noch immer nicht daran gewöhnt, aus dem Haus gehen zu können, ohne ein ausgeklügeltes System aus Essenslisten, Notfallnummern und so weiter hinterlassen zu müssen«, sagte Liz.

»Ja.«

»Ich habe mir vor Kurzem einen ganzen Berg Arbeit aufgebürdet und freue mich richtig darauf.«

»Ja.«

»Und das hat nichts mit Eitelkeit zu tun, sondern damit, eine Stelle zu haben, seinen Platz in der Welt zu behalten. Ich will unbedingt weiterarbeiten, und ich war nie besser als jetzt, aber bei jedem Bewerbungsgespräch merke ich, dass fünfzig sofort einen Minuspunkt einbringt. Die halten einen alle für ihre Mutter!«

»Irgendwann bekomme ich einen Schwabbelhals, das weiß ich jetzt schon«, sagte Mae und kniff sich gedankenverloren in die Haut unter dem Kinn. »Meine Mutter hatte auch einen, das bleibt mir garantiert nicht erspart.«

»Was sagen *Sie* eigentlich, wenn man Sie nach Ihrem Alter fragt?«

»Manchmal, dass das nicht zu interessieren hat, und manchmal sehe ich denjenigen einfach nur an. Aber eigentlich macht es mir nichts aus. Warum auch? Meine Arbeit hat nichts mit meinem Alter zu tun. Und Sie? Was sagen Sie?«

»Ich sage immer: ›Schätzen Sie mal!‹ So wie ›Schätzen Sie das Gewicht des Kuchens bei der Dorf-Tombola‹. Ich finde, wer nach dem Alter fragt, sollte auch nach dem Gewicht fragen – das sagt genauso viel darüber aus, ob man gesund und fit genug ist für den Job.«

»Das würde sich wohl eher nicht durchsetzen«,

wandte Mae ein. »Mit dieser Frage würde man sich nicht beliebt machen.«

»Allein die Vorstellung, wie sie dastehen und laut über dein Gewicht spekulieren, als wäre man ein Kuchen auf dem Dorffest!«

»Ja ...«

18:48 BLUT

Reglos wie eine Statue hielt Mae Liz' Unterarm und maß ihren Puls.

»Was wir alles daherreden ...«, sagte Liz. »Dabei sind wir noch gar nicht so weit. Ich jedenfalls fühle mich noch nicht so weit. Sie?«

»Nein, eigentlich nicht. Aber vieles erscheint mir jetzt so unvorhersehbar.«

»Ja.«

»Das Komische ist: Wenn nach einer langen Pause – sieben Wochen neulich – wieder Blut kommt, bin ich stolz darauf. Durch das Blut fühle ich mich stark und mächtig. Ich würde weiß Gott kein Kind mehr haben wollen, aber dass es noch ginge, wenn ich wollte, macht mich stolz.«

»Ja.«

Ja, dachte Liz, es wird seltsam sein, davon Abschied zu nehmen. Selbst an den Tagen, an denen die Gelenke wehtaten, die Brüste anschwollen und schmerzten, an denen sie innerlich zerfloss, zitterte, sich auflöste, war sie doch immerhin in einem anderen Zustand. Aber die

Hitzewellen, die neuerdings dicht unter der Haut dahinjagten wie Schatten über die Berge, sobald sich Wolken vor die Sonne schieben, die waren auch interessant. Ein bisschen lästig manchmal, aber interessant.

»Und da sich das Drama unserer fruchtbaren Jahre nun seinem Ende zuneigt ...«, fuhr Mae fort.

»Eher Melodrama.«

»Werden Sie ihm nachweinen? Werden Sie es betrauern, als ob es ein kleiner Tod wäre?«

»*Petite mort*«, sagte Liz. »So nennen doch die Amerikaner den Orgasmus.«

»Die Franzosen, glaube ich.«

»Ich glaube, die Franzosen sagen *jouir*, also eigentlich ›genießen‹. Ich finde es komisch, ›kleiner Tod‹ zu sagen, obwohl man dabei doch in Wirklichkeit eher aufwacht.«

»Ich dachte, *petite mort* ist Epilepsie«, sagte Mae.

»Das heißt *petit mal*.«

Sie hatte im Lauf der Jahre sogar eine Art Vorfreude auf diese unberechenbare Woche entwickelt. In praktischer Hinsicht war es natürlich oft eine Plage, aber manchmal fühlte sie sich dann klüger, als würde sie mehr sehen, mehr verstehen ... Und die Gefühle, die aus der Dünnhäutigkeit heraus zutage traten, waren echt. Eine gewisse Überspanntheit, die das Leben wie im grellen Gegenlicht eines El-Greco-Gemäldes wirken ließ. Nicht unwahr, aber auch nichts, wonach man sich richten sollte.

»Was das Trauern betrifft ...«, sagte sie, Maes Frage aufgreifend. »Ich glaube, wenn man es so sieht, denkt man nur an die vergangene Zeit und an den einen weiteren Schritt Richtung Grab. Aber ich sehe es nicht so. Nein. Erst wenn ich alles weniger intensiv empfinden würde, wenn sich die Gefühle abschwächen würden.«

»Warum sollten sie?«

»Allerdings fände ich es fürchterlich, wenn ich so schablonenhafte Ansichten bekäme und schonungslos und verächtlich und innerlich festgelegt werden würde.«

»Ja.«

»Andererseits denke ich manchmal, dass es gar nicht schlecht wäre, weniger Gefühle zu haben«, widersprach sich Liz gefühlvoll.

Schweigend überließen sie sich ihren Gedanken.

»Ich stelle mir diesen neuen Zustand wie Arizona vor«, sagte Mae schließlich, während sie eine neue Packung Nadeln öffnete.

»Wie Arizona?«, erwiderte Liz verblüfft.

Mae zuckte mit den Achseln. »Na ja ...«

»Also wie eine Wüste?«

»Nein, nein. Also ob man ...«

»Phoenix. Tucson. Warum ausgerechnet *Arizona*?«

»Als würde man in ein anderes Land kommen, das sehr hell und flach ist und in dem zuverlässig die Sonne scheint«, sagte Mae langsam.

»Ach so.«

»Ich glaube ehrlich gesagt selbst nicht recht daran. An diese Verheißung ...« Mae stockte und schwieg.

»Wir wandern also demnächst aus, ja?«, sagte Liz.

Stimmt, dachte sie, ich bin schon jetzt nicht mehr so

schnell zu Tränen gerührt wie vor zehn Jahren. Bald habe ich alle Tränen verbraucht, dann wird nur noch gelacht.

18:55 RISORGIMENTO

Mae ging um die Liege herum und zog, den Blick konzentriert auf Liz' Gesicht und Haare gerichtet, eine Nadel nach der anderen heraus.

»Bricht manchmal eine ab?«, fragte Liz, hob vorsichtig die Hand und betastete die Stellen.

»Nein, nie«, antwortete Mae entschieden.

»Dann finde ich also heute Abend beim Haarewaschen bestimmt keine Nadelspitze in der Kopfhaut?«

»Nein, das kann nicht passieren. Die Nadeln sind zwar sehr fein, aber sie brechen nur schwer. So, bitte Vorsicht beim Aufsetzen. Langsam, ja?«

»Ja.« Liz schwang die Beine über die Kante. »Huch, ich fühle mich ganz klar im Kopf! Ganz lebendig!«

»Gut. Möchten Sie abwarten, wie es sich entwickelt, oder gleich einen nächsten Termin vereinbaren?«

Ich möchte weitermachen, ohne mich schämen zu müssen, dachte Liz und griff nach ihrer Tasche. Geht das? Ohne mich schämen zu müssen. Oder wenigstens tapfer, weil man nun mal tapfer sein muss – eigentlich in jeder Phase, wenn man zurückblickt, und in dieser ist es nicht anders. Außer dass man sich jetzt nicht einzufügen braucht, weil es zum ersten Mal keine konkrete Vorlage gibt.

»Ich will es nicht einfach nur akzeptieren – ich will es genießen«, sagte sie zu Mae. »Ich will hier sein, jetzt, in diesem Augenblick.«

»Na ja, wir leben alle in der Gegenwart.« Mae blickte auf ihre Armbanduhr. »Das wären dann bitte fünfzig Pfund.«

»In bar, oder? Ich bin auf dem Weg hierher extra zum Automaten gegangen.«

»Danke. Bei Frauen in unserem Alter ist es heutzutage einfach anders. Wir entsprechen doch nicht unserem Image. Nehmen Sie uns beide – wir sind stark und aktiv, wir haben Kinder großgezogen und unser Leben lang Geld verdient; es geht uns gut. Schauen Sie sich an, mit Ihrem großen Vortrag nächste Woche... Worüber gleich noch mal?«

»Über das Risorgimento.«

»Genau. Und weil Sie jetzt gleich wieder in Ihre Sachen schlüpfen – es gilt als gutes Zeichen, wenn man sich als älterer Mensch die Socken oder die Strumpfhose anziehen kann, ohne sich hinsetzen oder irgendwo anlehnen zu müssen.«

»Was – so?«, fragte Liz lachend. Sie stand auf einem Bein wie ein Flamingo; wackelig und mit dem Arm haltsuchend in der Luft rudernd hüpfte sie auf der Stelle und versuchte schwankend die Balance zu finden.

»Ja«, sagte Mae und begann auch zu lachen. »Genau so.«

Berlin

Dienstag/Tuesday

»Kannst du mir noch mal sagen, warum wir eigentlich hier sind?«, sagt Adam, während er zusieht, wie die Mitreisenden langsam und mehr oder weniger mühevoll aus dem Kleinbus steigen.

»Du weißt, warum«, erwidert Tracey.

»Die sind garantiert zwanzig Jahre älter als wir. Trevor sogar dreißig. Olive auch.«

»Fünfzehn.« Die anderen kommen näher. Tracey lächelt ihnen zu. »Oder dreizehn. Nein, weniger. Pauline ist höchstens achtundsechzig. Und überhaupt brauchst du dir auf dein Alter nicht so viel einzubilden.«

»So typisch für meine Eltern, das alles!«

»Es war ein hartes Jahr. Du hattest eine Pause nötig, und das hier war bereits gebucht und bezahlt.«

Sie spürt, dass ihr sein Wohlergehen noch immer am Herzen liegt und sie es nicht schaffen wird, ihn zu verlassen. Andererseits können sie unmöglich so weitermachen.

Ihre im *Ring*-Arrangement enthaltenen Plätze befinden sich ganz hinten in einer Loge mit sechs Sitzen, die paarweise auf drei ansteigende Reihen verteilt sind. In der mittleren sitzen Pauline und die greise Olive, zwei lebenskluge weißhaarige Damen – Witwen, wie Tracey annimmt –, und davor die beiden Bartträger, Howard und Clive.

»Ich hasse Oper«, murmelt Adam.

»Du hast gesagt, du wärst für alles offen«, entgegnet Tracey.

Vor mehr als einem Jahr haben sie vereinbart, Adams Mutter hierher zu begleiten. Der *Ring*-Zyklus, Lieblingswerk von Adams verstorbenem Vater, eignete sich Adams Mutter zufolge wegen seiner epischen Länge und Zeitintensivität am besten zur Feier ihrer inzwischen nur noch imaginären diamantenen Hochzeit. Doch kurz nach Buchung der Reise starb auch sie, und wieder mussten Adam und Tracey mitansehen, wie ein Sarg in die Flammen glitt. Das Reiseunternehmen Bonjour Kultur aber machte seinem freundlichen Namen keine Ehre und erstattete nur den Preis eines der drei Tickets zurück.

Adams Vater schloss sich jeden Tag stundenlang in seinem Hobbyraum ein und zwang dem Rest der Familie eine Wagner-Beschallung in voller Lautstärke auf. Adam und seinen Brüdern zufolge verübelte er seinen Kindern schon deren schiere Existenz. Dass sie, wäre es nach ihm gegangen, schlicht nie das Licht der Welt erblickt hätten, machte er in der gemeinsam unter einem Dach verbrachten Zeit mehr als deutlich. Als seine Söhne in mittleren Jahren endlich den Mut aufbrachten, ihn nach dem Grund zu fragen, flüchtete er sich eiligst in die Demenz. »Als hätte irgendwo im südamerikanischen Urwald ein Bunker auf ihn gewartet«, hat Adam beim Begräbnis seines Vaters vor vier Jahren zu Tracey gesagt.

»Ich hasse Oper«, wiederholt er. »Und *Wagner* hasse ich am allermeisten.«

»Der Urlaub war längst eingereicht, und Geld haben wir auch nicht zu verschenken«, erwidert Tracey.

»Ich weiß.«

Sie hofft, dass er jetzt nicht wieder mit seinem derzeitigen Lieblingsthema anfängt – der Klage darüber, als Architekt so viel weniger verdient zu haben als seine Brüder mit ihren Versicherungs- und Werbe-Jobs, obwohl er in der Schule so viel besser war als sie. Doch zum Glück hat ihn etwas von dem Gedanken abgelenkt.

»Schau dir an, wie selbstzufrieden die Leute sind, nur weil sie es hierher geschafft haben. Zum Kotzen!«, sagt er.

»Man kann es auch positiv sehen. Nimm es als Herausforderung. Stell dir vor, es wäre eine Everest-Besteigung.«

»Eine Belastungsprobe?«

»Warum nicht? Du liebst doch Herausforderungen, und diese neue Erfahrung wird dir guttun.«

»Hä?«

»Außerdem hat Wagner die abgründigen deutschen Mythen ausgegraben, und ich für meinen Teil möchte wissen, warum alle so einen Wirbel darum machen. Schließlich sind wir Europäer!«

»Ach ja?«

»Also, ich schon.«

»Okay, okay, jetzt sind wir ja hier.« Adam fächelt sich mit dem Programmheft Luft zu. »Ziemlich stickig, oder?«

Tracey lässt den Blick über den Zuschauerraum wandern und stellt fest, dass die meisten Köpfe weiß sind. Du bist auch schon ganz grau, denkt sie während eines kurzen Blicks auf Adams mürrisches Profil.

Adam hat die englischen Seiten im *Rheingold*-Programm gefunden. »Keine Pause! Zweieinhalb Stunden am Stück – soll das ein Witz sein?«

»Also, in der Info-Broschüre von Bonjour Kultur steht, dass *Rheingold* die kurze ist«, erwidert Tracey, nachdem sie in ihrer Handtasche danach gekramt und auch ihre Lesebrille hervorgeholt hat. »Eine Art Auftakt zu den anderen drei Opern. Soll ich dir erzählen, worum es geht?« Ohne die Antwort abzuwarten, spricht sie weiter. »Kurz gesagt geht es darum, dass die Gier nach Gold, nach Besitz und Macht zu Vertragsbruch, Liebesverlust und zur Abkehr von der Natur führt. Eine beinahe marxistische Gesellschaftsanalyse, Elemente eines Schöpfungsmythos, blablabla bemerkenswert prophetisch in Hinblick auf den Klimawandel.«

»Super – auch noch der Klimawandel! Wunderbar! Das ist die Krönung!«

»Es wird dunkel. Gleich geht es los.«

»Ich kann es kaum erwarten.«

»Vertiefen wir uns in die Geschichte!«, flüstert Tracey und nimmt Adams Hand. »Mit den Übertiteln lässt sich alles verstehen.«

Stille. Dann erwächst aus dem Nichts, fast aus dem Nichts, aus einem langen, tiefen Akkord, ein allmählich anschwellender Klang, ein heranflutender Strom, und nach und nach füllt sich die Bühne mit wogendem blaugrünem Licht. Es ist wunderschön. Es ist, als würde alles neu beginnen. Tracey lässt Adams Hand los und berührt ihn an der Wange. Adams Mund verzieht sich zuckend zu einem unwilligen Lächeln.

Oje – plötzlich stehen drei stämmige Sängerinnen in glänzenden Bodysuits da und singen sehr hoch und laut gegen das lärmende Orchester an. Jetzt ist ihm das Lächeln vergangen. Was steht im Übertitel? »Wagala weia! Wallala, weiala weia!« *Was für eine Sprache soll das sein? Und jetzt:* »Lass sehn, wie du wachst!«

Oh mein Gott, die Übertitel sind auf Deutsch, bemerkt Tracey fast in derselben Sekunde wie Adam, der ihr nun das Gesicht mit dem Ausdruck stiller Entrüstung zuwendet.

Tja, da kann sie jetzt leider auch nichts machen.

Nach und nach fällt die Last des Tages von ihr ab, und ihre Gedanken driften hinaus in die Fluten dieser unablässig tönenden Musik. Nach einiger Zeit wird ihr klar, dass diese Oper anders ist als alle, die sie kennt. Anders als Die Hochzeit des Figaro *oder* Rigoletto. *Hier ist das Orchester pausenlos zu hören. Die vertrauten, deutlich voneinander abgesetzten Arien und Duette gibt es nicht.*

»*Oper ist immer so unnatürlich*«, hat Adam vor Beginn der Aufführung genörgelt.

»*Wenn man erst mal verstanden hat, dass sie eher ihre Gedanken als irgendwelche normalen Äußerungen singen, ist es gar nicht mehr schwer*«, hat sie ihm erklärt.

Sich wirklich verständlich zu machen ist ein großer Luxus und im normalen Leben zu viel verlangt. Es klappt einfach nicht. Und ebenso wenig werden sie ohne Übertitel viel von dem verstehen, was auf der Bühne vor sich geht.

Das Klangbad, in dem sie hier sitzt, wirkt sich seltsam auf ihre Gedanken aus. Anstatt durch den Kopf zu jagen, entfalten sie sich ganz ungewohnt wie in Zeitlupe. Zufällige Erinnerungen tauchen auf und lassen sich betrachten, als hätten sie nur gewartet auf diesen Raum, in dem sie sich zu erkennen geben können. Letzte Woche hat sie im Radio einen Wissenschaftler gehört, der über neue bildgebende Verfahren in der Hirnforschung sprach, mit deren Hilfe man alle Gefühle und alle Reaktionen auf Ereignisse im Leben erfassen und beim Sterben aneinanderreihen könne: eine Seelenbibliothek. Ha, denkt sie, bestimmt gibt es dafür bald eine App. Man soll die Zukunft nicht von der Vergangenheit steuern lassen, heißt es. Die Vergangenheit ist vorbei. Stimmt. Aber ich finde, sie ist wie Musik, vor allem wie diese Musik, in der man versinkt, in der man ist, die man bewohnt. Doch auch Erinnerungen und Wünsche ändern sich. Sie schielt zu Adams starrem, zornigem Gesicht hinüber und denkt, dass es unmöglich Spaß machen kann, mit dieser kaum verhohlenen Gereiztheit, dieser mehr schlecht als recht im Zaum gehaltenen Wut zu leben.

Auf der Bühne ist jetzt ein älteres Paar zu sehen, ein Mann und eine Frau, die nebeneinander schlafen. Aus unerfindlichen Gründen erinnern sie Tracey an das Paar, das heute Vormittag beim Einchecken im Flughafen vor ihnen stand – ein pensionierter Bauunternehmer nebst Gattin. Gute zwanzig Jahre älter als Adam und sie und, wie sie sofort erzählten, auf dem Weg nach Miami, von wo aus sie eine Karibik-Kreuzfahrt unternehmen wollten. Im vergangenen Jahr hatten sie witterungsbedingt von New York starten müssen, wurden eingeschneit, schliefen zwei Nächte auf einem Betonboden und erreichten das Schiff schließlich in einer unglaublichen Hetzjagd fünf Minuten vor dem Auslaufen. Ein wahrer Albtraum.

Und warum macht ihr dasselbe jetzt wieder?, dachte Tracey. Mit siebzig zwei Nächte auf einem Betonboden klingt nicht unbedingt prickelnd. Als die Frau dann strahlend und sogar voller Stolz auch noch detailliert die Fahrt in dem Taxi beschrieb, mit der sie das Schiff in letzter Sekunde erreicht hatten, wurde Tracey klar, dass diese Reisen für die beiden das erste aufregende Ereignis eines jeden neuen Jahres waren und ihr Wert im gemeinsam durchlebten Abenteuer lag.

Auch wenn sich Adam darüber lustig macht – angesichts des Rentenalters ihrer Mitreisenden können sie sich beide jünger fühlen. In einem Punkt hat er allerdings recht: Mindestens zwei in der Gruppe sind hoch in den Achtzigern. Olive, die jetzt vor ihnen sitzt, und Trevor mit seiner etwas jüngeren Frau Denise unten im Parkett. Offenbar ist ein Ring-Arrangement die ideale Wahl kurz nach einer Hüft-OP.

Das Paar auf der Bühne hat sich vom Bett erhoben, und schon wird gestritten. Er stützt sich grimmig auf seinen Speer, während sie ihn ankeift. Die gewohnheitsmäßige Verbitterung, den ständig gekränkten Ton findet Tracey gut getroffen. Betrogen wird in jeder langen Liebesbeziehung. Das ist ganz normal, schließlich sind wir alle Menschen. Und wer hat das Recht zu behaupten, es sei schlimmer, ihn auszublenden oder zu ignorieren, als den anderen zu beschuldigen und herunterzumachen?

Für die Generation ihrer Eltern war das sogenannte »Suhlen in Selbstmitleid« etwas Verabscheuenswertes. Sie haben massiv verleugnet, sich geweigert, über schmerzliche Erinnerungen zu sprechen, waren überzeugt, die Vergangenheit würde verschwinden, wenn man sie nur lange genug abwehrt. Verleugnung auf der ganzen Linie! Obwohl es als schädlich galt, hat es offenbar für diese Generation – immerhin die bisher langlebigste in der Geschichte der Menschheit – ziemlich gut funktioniert.

Die Männer auf Stelzen haben sich das Goldmädchen geschnappt, das sich vergeblich wehrt. Sie ziehen mit der jungen Frau ab, zerren sie hinter sich her. Auf der Bühne wird es dunkel. Die Zurückgelassenen torkeln und taumeln herum; es scheint ihnen nicht gut zu gehen. Was da wohl los ist? Tracey hat keine Ahnung. Adam wirft einen Blick auf seine Uhr.

Die Menschen werden jetzt so alt, aber anstatt es sich vor dem Kamin gemütlich zu machen, rennen sie durch die Gegend. Und auf Reisen kommt einem die Zeit länger vor. Immer wieder erstaunlich, wie lang und lebendig die Tage sind, die ich nicht zu Hause verbringe, selbst wenn es unangenehm oder anstrengend wird. Nach dieser Zeitrechnung dauert der heutige Tag schon fast eine Woche.

Auf der Bühne ist es düster und unübersichtlich. Ein Salzbergwerk vielleicht, oder eine Berghöhle. Von dichtem, erregtem Geigengesumme und schmetternden Hörnern begleitet springen und brüllen Männer herum.

Wie Schwimmen (denkt Tracey) oder wie in den Sekunden, in denen man behaglich auf dem Meer des Schlafs dahingleitet, klare Träume träumt und noch nicht ganz zum Aufwachen bereit ist. Ein bisschen auch wie im Kino, dieses Wachtraumhafte. Für einen Roman muss man mindestens fünf Stunden seines Lebens opfern, was eigentlich ziemlich unverschämt ist – mehr als für einen Film oder ein Theaterstück –, aber immerhin bestimmt man das Tempo selbst. Wagner dagegen zwingt alle, sich im Dunkeln zusammenzusetzen, und verriegelt die Tür.

Der Mann muss ein wahnsinniger Egozentriker, ein unglaublicher Tyrann gewesen sein, um dem Publikum derart viel Zeit abzuverlangen. Die Erwartung an die Leute, alles in allem mehr als eine halbe Woche ihres Lebens zur Verfügung zu stellen, kommt einem egomanischen Gewaltakt gleich! Aber er hat es geschafft. Obwohl er längst tot ist, sind wir alle hier auf sein Geheiß in dieses dunkle Unbekannte eingesperrt.

Es ist endlich vorbei. Frenetischer Applaus hat die Sänger wieder und wieder vor den Vorhang geholt, aber nun geht das Licht an. Tracey streckt sich, reibt sich das Gesicht. Das lange Bad in dem ungewohnten Meer hat sie erfrischt. Für Adam dagegen war es eine Tortur.

»Gebrüll und Gewalt«, sagt er. »Grauenhaft geistlos, genau wie mein Dad.«

Auf der Rückfahrt ins Hotel kommt es im Kleinbus zu lebhaften Gesprächen. Tracey schließt die Augen und hört zu. Adam neben ihr starrt finster wie eine Gewitterwolke vor sich hin.

»Was sollte eigentlich das mit dem Helm?«

»Der hat den Zwerg in eine Kröte verwandelt. Aber das hat man natürlich nicht gesehen.«

»Ach so. Nein, das ist nicht so recht klar geworden.«

»Ich glaube, Loge soll Bismarck sein. Ziemlich verwirrend.«

»Aber worum ging es überhaupt? Wovon handelt das Ganze?«

»Die Handlung beschreibt, was passiert, wenn man seine Bauarbeiter nicht pünktlich entlohnt.«

»Welche Bauarbeiter?«

»Die Stelzenmänner.«

»Die, die das Mädchen entführt haben?«

»Ja, Freia. Die ewige Jugend.«

»Ewige Jugend! Könnte ich auch gebrauchen!«

»Wer nicht!«

Das bringt Tracey zum Lächeln. Sie öffnet die Augen.

»Wer die Handlung nicht kennt, bekommt ohne Übertitel kaum etwas mit«, sagt Trevor, die freundlichste Stimme im Bus.

»Ja, Bonjour Kultur hätte in der Broschüre ruhig auch die Übersetzung des Librettos abdrucken können«, sagt Tracey.

»Davon abgesehen finde ich die Broschüre aber recht gelungen mit diesem kompakten Abriss der deutschen

Geschichte und dem Vokabelverzeichnis, oder wie man das nennt«, erwidert Clive.

»Aber auch ziemlich abgehoben«, wendet Howard ein. »Für mich klingt die ganze Broschüre nach einem halb übergeschnappten unterbezahlten Doktoranden.«

»Klugscheißer«, flüstert Adam Tracey ins Ohr.

»*Ewig!* Was bedeutet dieses *Ewig*, von dem sie ständig singen?«, fragt Trevor.

»Ja, das ist mir auch aufgefallen. Das google ich, wenn mein Handy wieder aufgeladen ist«, sagt Tracey.

»*Ewig* bedeutet eternal«, wirft Olive unerwartet ein.

»Sie sprechen Deutsch?«, ruft Trevor. »Sehr gut, da können Sie uns sicherlich noch oft weiterhelfen.«

»Leider nur ganz wenig. Das meiste ist weg. Ich habe einmal in grauer Vorzeit eine Weile in Lübeck gelebt.«

»Ich habe mir im Dunkeln einige häufig vorkommende Wörter ins Programmheft geschrieben«, berichtet Tracey. »*Zorne, Zwange, Zeit.* Das waren immer Wortgruppen, immer mehrere Wörter mit demselben Anfangsbuchstaben. *Zauber!*«

»*Zauber* kenne ich von der *Zauberflöte*«, sagt Pauline. »*Zauber* ist magic.«

»*Vertrag, Verrat, Versprechen*«, zählt Tracey auf.

»Ja, das Libretto ist voller Alliterationen«, erklärt Howard.

»Alliterationen«, sagt Trevor. »Tür und Tor, in Bausch und Bogen.«

»*Vergeben und vergessen*«, fügt Olive hinzu.

Im Hotel lässt Tracey Adam vorausgehen, während

sie mit Trevor an der Rezeption auf die Rückgabe der Pässe wartet.

»Ich persönlich finde ja, dass Wagner die gute Oper an sich im Alleingang ruiniert hat.« Sie haben die Pässe bekommen; nun humpelt Trevor neben Tracey durch den Korridor zum Lift. »Verdi – das nenn ich einen Komponisten! Wagner ist der reinste Fluch – ein grauenhafter Kerl, morbide, hysterisch. Dieses ständige Suhlen in Tod und Verderben!«

»Oje, dann freuen Sie sich ja gar nicht auf ...«

»Denise liebt Wagner, und ich liebe Denise – aber bitte behalten Sie dieses kleine Geheimnis für sich! Dass ich auf meine alten Tage eine Woche meines Lebens mit Hitlers Lieblingskomponisten inklusive Hörnerhelmen und allem Drum und Dran verschwende, beweist wohl die Tiefe meiner Liebe, nicht wahr?«

»Ich bin schwer beeindruckt«, sagt Tracey.

Und gut flirten kann er auch, wie sie bemerkt hat.

Sie steht neben Adam vor dem Badezimmerspiegel und sagt: »Schau mal – wir sehen aus wie auf einem Ölschinken: Der Triumph der Hoffnung über die Erfahrung. Oder ist es umgekehrt?«

»Sehr witzig. Haha!«

Tracey schneidet ihrem Spiegelbild eine Grimasse.

»Kaum fünfzig, schon ist man im Land der Hässlichen. Wie am Eingang zu einem Kostümball, wo einem eine Clownbrille und dazu eine Zottelperücke aufgezwungen werden.«

»Hast du die Pässe?«, fragt Adam.

»Ja. Trevor war auch da. Ich mag ihn. Er steht auch nicht besonders auf Wagner.«

»Weil es des Kaisers neue Kleider sind, sonst gar nichts.«

»Gib dem Ganzen wenigstens eine Chance, Adam.«

»Warum sollte ich?«

»Darum! Warum nicht?«

»Das ist kein Grund.«

»Ach, Liebster, du stehst dir wirklich immer selbst im Weg.«

Er ist kurz davor einzuschlafen, aber es hilft nichts, sie muss jetzt reden.

»Ich will es ja vergessen, aber es geht nicht weg«, murmelt sie an seiner Schulter.

Er stöhnt auf.

»Nicht schon wieder!«

»Bitte hilf mir!«

»Schnee von gestern.«

»Ich weiß, aber er vergeht nicht.«

»Hör zu, Tracey. Bestimmte Themen empfinde ich als tendenziell problemlastig, und diese Themen verstaue ich in einer abschließbaren Schublade und rühre sie nicht an.«

»Ich weiß.«

»Ich halte nichts vom Problemewälzen.«

»Ich auch nicht, aber ich kann trotzdem nicht aufhören.«

»Jetzt wird geschlafen!«

»Ich habe nie mit jemand anderem darüber geredet, immer nur mit dir, und du willst mir nicht zuhören.«

»Es ist schon nach Mitternacht, Tracey. Oh nein, bitte jetzt nicht auch noch weinen!«

»Tu ich gar nicht.«

Eine Zeit lang herrscht Schweigen.

»Unsere Liebe …«, sagt sie leise. »Dass du die geopfert hast, ohne es überhaupt zu bemerken, das habe ich nie verstanden. Ich dachte, sie wäre so stark.«

»Ist sie noch immer«, sagt er. »Schlaf jetzt.«

In der Nacht wacht Tracey auf und starrt ins Dunkle. Die Quälgeister stehen bereit. Ich lebe, als wäre mein Leben nicht wichtig, denkt sie mit nächtlicher Klarheit. Jetzt sind die Jungs älter, jetzt gehen sie in die Welt hinaus, das ändert alles. Sie findet sich damit ab, nicht so schnell wieder einschlafen zu können. Wie Malaria. Wenn man glaubt, sie wäre weg, kommt sie zurück. Ist die Krankheit einmal in der Blutbahn, wird man sie nicht mehr los.

Genug jetzt, sagt sie sich, steigt leise aus dem Bett und nimmt die Broschüre und ihre Handtasche. Sie geht ins Badezimmer, schließt behutsam die Tür und schaltet statt des großen Lichts die Spiegellampe ein, damit Adam nicht vom Lüfter geweckt wird. Gut, zum Lesen reicht es. Auf ihrem Nachtsitz, dem heruntergeklappten Toilettendeckel, nimmt sie den Kindle zur Hand, und nach wenigen Sekunden wird eine englische

Übersetzung des *Ring*-Librettos heruntergeladen. Sie beginnt in der Broschüre zu blättern.

INFORMATION: Deutschland verfügt über dreiundachtzig Opernhäuser. Da die Städte und Regionen weit selbstständiger über ihre Etats bestimmen können, als dies im Vereinigten Königreich der Fall ist, übernehmen sie den Großteil der Finanzierung. Selbst in kleineren Häusern ist die musikalische Qualität ausgesprochen hoch, und aufgrund der großen Anzahl können wesentlich mehr Menschen Opernaufführungen besuchen. Zudem sind die Eintrittskarten nicht annähernd so teuer wie bei uns.

ZITAT: »Wagners Kunst ist die sensationellste Selbstdarstellung und Selbstkritik deutschen Wesens, die sich erdenken läßt, sie ist danach angetan, selbst einem Esel von Ausländer das Deutschtum interessant zu machen [...].« Aus: Thomas Mann, *Leiden und Größe Richard Wagners*, 1933.

KURIOSES: Wagner trug ständig eine Brille, die er nur für Fotoaufnahmen abnahm. Kaiser Wilhelm II., der drei Tage vor Ende des Ersten Weltkriegs abdankte, ließ seine Autohupe so einstellen, dass sie das Donnermotiv aus Wagners *Ring* wiedergab.

DEUTSCHE WÖRTER UND WENDUNGEN:
Hoch in der Luft – high in the air; *hoch in den Siebzigern* – in one's late seventies. *Bildung* – the lifelong process of education and self-cultivation. *Stolperstein* – stumbling block. *Leitmotiv* – in the musical drama of Wagner and his imitators a theme associated throughout the work with a particular person, situation or sentiment; a recurring theme. *Traulich und treu* – tender and true; *der feindliche Freund* – frenemy; *in wildem Leiden* – in bitter sorrow; *heilige Ehre* – sacred honour.

Sie greift zu ihrem Urlaubs-Notizbuch und schreibt die neuen Wörter hinein. Dann googelt sie auf dem Handy die in den Übertiteln der ersten Aufführung häufig vorgekommenen Wörter, die sie in ihr Programmheft gekritzelt hat. Ja, Olive hat recht, *ewig* bedeutet eternal, *Ehre* ist honour und *Eid* oath oder marriage contract. *Vertrag* ist contract oder agreement, *Versprechen* promise und *Verrat* betrayal. Die vom Google-Übersetzer zusätzlich angebotene Redewendung *Verraten und verkauft* kann mit well and truly sunk wiedergegeben werden. Sich in ihr Wachsein ergebend sitzt sie fast eine Stunde da, liest und schreibt deutsche Vokabeln in ihr Notizbuch.

Mittwoch / Wednesday

Olive, Pauline und Tracey gehören zu den ersten aus der Gruppe, die sich in der Hotellobby einfinden. Die Busrundfahrt steht an.

Das Frühstück erfolgte in einer Geräuschkulisse aus posaunenartigen Schnäuzgeräuschen der älteren Männer und vereinzeltem schallendem Niesen. Adam nahm sich am Büffet eine Schale scheinbar guten, ehrlichen Müslis, musste dann aber zu seinem tiefsten Leidwesen feststellen, dass die dunklen Teilchen nicht Rosinen, sondern Schokoladenstückchen waren, und reagierte erschreckend unverhältnismäßig. Sah so ihre Zukunft aus?, fragte sich Tracey laut, als sie wieder im Zimmer war: angespanntes Frühstücken mit einem zornigen alten Mann? Wenn ja, würde sie lieber früher als später die Reißleine ziehen. Nach dem darauf folgenden kurzen, aber heftigen Wortwechsel, der nicht zur Besserung ihrer Stimmung beitrug, hat sie sich fast erleichtert die Augen getrocknet und ist gegangen, während er wütend im Zimmer blieb, um seine E-Mails zu checken.

»Ich grüße Sie, meine Liebe«, sagt Olive. »Wir haben gerade über die vielen Informationen gesprochen, mit denen man uns versorgt hat. Es war noch gar keine Zeit, das alles zu lesen.«

»Ich weiß. Ich habe auch erst gestern Nacht damit angefangen«, erwidert Tracey. »Ich wusste gar nicht, dass es in Deutschland dreiundachtzig Opernhäuser gibt.«

»So viele? Die können unmöglich gut sein bei dieser Menge!«, sagt Pauline.

»Da wäre ich mir nicht so sicher«, widerspricht Olive. »Ich habe eine gute Freundin in Magdeburg, und immer wenn ich sie besuche, erlebe ich ganz wundervolle Aufführungen. Beim letzten Mal war es ein fulminanter *Idomeneo*.«

»Na ja, für mich ist das alles Neuland«, gesteht Pauline. »Ich kenne das erst, seit ich im Ruhestand bin. Früher dachte ich, Oper wäre nur etwas für Snobs, aber als dann diese Live-Übertragungen aus der Met und anderen Opernhäusern und Theatern kamen, bin ich geradezu süchtig geworden. Damals habe ich zum allerersten Mal den *Ring* gesehen, in unserem Kino in Wrexham.«

Die Aufzugtür öffnet sich, und Clive und Howard kommen heraus. Clive lächelt der kleinen Gruppe zu, während Howard sein Handy hervorholt und irgendetwas nachsieht.

»Adams Vater war verrückt nach Wagner«, sagt Tracey. »Er musste zwar wegen des Kriegs schon mit vierzehn von der Schule gehen, aber ein Lehrer ist mit ihm in Kontakt geblieben und hat ihm Bücher und Schallplatten geliehen. Da ging es los mit dem Wagner-Fieber. Er war richtig besessen davon.«

»Nicht ungewöhnlich in der damaligen Zeit«, meint Olive nickend.

»Für Autodidakten, mich selbst inbegriffen, war die Nachkriegszeit eine Art Goldenes Zeitalter«, sagt Clive, der bisher nur zugehört hat. »Bei uns daheim gab es in meiner Kindheit keine Musik, nicht einmal ein Radio. Aber dann entdeckte ich die Proms! Im Sommer war ich jede Woche dort, das kostete fast nichts. Die Albert Hall war mein zweites Zuhause.«

»Ach ja, die Proms. Und das Old Vic.« Olive seufzt. »Gielgud für gerade einmal einen Shilling. Und die wundervolle Lilian Baylis!«

»Ganz oben im Rang in Covent Garden für zweieinhalb Shilling – mit zwanzig war das für uns das Höchste!«, sagt Clive mit einem Seitenblick auf Howard.

Ach, dort also haben sie sich kennengelernt, denkt Tracey: vor vielen Jahren im obersten Rang.

Nachdem alle versammelt sind, gehen sie vor das Hotel, wo schon der Bus steht.

»Entschuldigung«, flüstert Adam Tracey ins Ohr, während sie den anderen den Vortritt beim Einsteigen lassen.

»Danke«, flüstert sie zurück und schiebt zwei Finger zwischen seine Hemdknöpfe, um seinen warmen Bauch zu spüren.

»Ich habe Hunger«, sagt Adam. »Dieses Schokomüsli beim Frühstück war das Letzte.«

»Beim Mittagessen müssen wir doppelt zugreifen, weil wir ja kein Abendessen bekommen«, bemerkt Howard, bevor die nächste Gabel buttriger Kartoffelbrei in seinem Mund landet.

»Ja, das Mittagessen muss immer für zwei Mahlzeiten reichen«, sagt Clive, der neben ihm sitzt und eifrig an seinem Schweinekotelett säbelt. »Gut, dass es inbegriffen ist.«

Die Reisegruppe sitzt nach einer langen Vormittagsrundfahrt durch Berlin beim Mittagessen.

Warum hat man Berlin das alles nach dem Krieg angetan, würde Tracey am liebsten fragen. Gut, Berlin war die Hauptstadt von Preußen, und Preußen stand hinter beiden Weltkriegen. Und was war Bonn? Ja, warum hat man Berlin nach dem Krieg unbedingt abschotten, in vier Teile zerschneiden, gewissermaßen auf einen Nervenzusammenbruch reduzieren und dadurch jahrelang im Zustand permanenter Psychose belassen müssen? Die Stadt liegt so weit im Osten – wozu brauchte der Westen diesen Brückenkopf überhaupt? Ihre Verwirrtheit ist ihr peinlich, aber es ist nicht untypisch für ihre Generation, sich nur widerwillig mit der Vergeudung und Verschwendung und Verheerung durch den Krieg zu beschäftigen. Die Eltern ihrer Altersgenossen, 1945 noch zu jung zum Kämpfen, waren das Gegenteil von nostalgisch, und die Großelterngeneration wollte nie darüber sprechen. Man hat sich irgendwie aus dem Schlamassel ziehen und den Weg ins Freie suchen müssen, wenn man denn eine Zukunft wollte.

»Ich habe vor unserer Abreise ein Buch über Berlin im Jahr 1945 gelesen«, sagt Trevor. »Ich komme gerade nicht auf den Namen des Autors, aber der fällt mir noch ein. Ein gutes Buch, wenn auch sehr deprimierend. Schrecklich, was den Frauen damals passiert ist!«

»Trevor, wir essen«, mahnt Denise, seine Frau.

»Und manches kommt erst jetzt heraus, erst so viel später«, fährt Trevor kopfschüttelnd fort.

»Torsten hört sich schon sehr gern reden, finden Sie nicht auch?«, sagt Pauline.

»Zum Schluss hat es mir wirklich gereicht«, verkündet Adam.

»Mir ging es ehrlich gesagt genauso«, gesteht Olive. »Ziemlich dick aufgetragen, die ganze Führung.«

»Berlin hat leider auch seine schlechten Seiten«, ruft Trevor in theatralischem Ton und zieht affektiert die Brauen hoch. »Und wie Sie wissen, werden wir derzeit von einer *Frau* regiert. Die Königin von Europa! Sie können sie gern haben, wenn Sie wollen. Oder sollen wir sie besser nach Neuseeland schicken?«

Alle lachen. Clive hat Torstens Ton und Wortwahl ziemlich gut getroffen.

»Und immer wieder die gleiche Leier«, sagt Adam. »Soll man sich erinnern oder ist es besser zu vergessen – die Nummer hat er mindestens sechs, sieben Mal gebracht.«

»Ja, Sühne steht bei ihnen seit einiger Zeit ganz hoch im Kurs«, meint Howard.

»Die Sünden der Väter«, raunt Clive.

»Die haben sich richtig reingesteigert und eine solche Lust am Schuldbekenntnis entwickelt, dass sie jetzt ihre Kolonialsünden in einer Art und Weise aufarbeiten, die uns andere geradezu beschämt«, fährt Howard fort. »Auf dem Gebiet sind sie uns meilenweit voraus.«

»Ja, ich fand interessant, was Torsten über das neue Humboldt Forum erzählt hat«, sagt Olive.

»Während ich von Checkpoint Charlie sehr enttäuscht war«, klagt Pauline. »Russische Püppchen, russische Mützen, Hotdogs und Nieselregen.«

»Aber dieses Stück Mauer zu sehen war schon gut«, sagt Trevor. »Unglaublich! So viele Jahre – und dann ist der Kalte Krieg über Nacht zu Ende.«

»Zurzeit liegt ja wieder ein kühler Hauch in der Luft«, wirft Clive ein.

»Eher bitterer Frost, würde ich sagen«, entgegnet Adam.

Tracey bemerkt, dass er jetzt besser gelaunt ist, und schenkt sich ein zweites Glas Wein ein.

»Ich finde es so komisch, dass Deutschland bis vor etwa hundert Jahren kein eigenes Land war«, sagt sie zu Clive, der links von ihr sitzt. »Und Italien auch nicht. Ich habe gestern ein bisschen in der Broschüre gelesen. Alles sehr verwirrend. Der Dreißigjährige Krieg, der Siebenjährige Krieg, die Schleswig-Holstein-Frage ...«

»Ach ja, die Schleswig-Holstein-Frage«, sagt Clive.

»Unser Geschichtsunterricht – ein bisschen dies, ein bisschen das – funktioniert einfach nicht«, sagt Tracey. »Die Tudors und die Nazis werden immer durchgenommen, aber viel mehr auch nicht, und alles davor und danach fällt unter den Tisch.«

»Sehr richtig«, befindet Clive. »Die ganze Chronologie ist futsch.«

Tracey trinkt einen Schluck. Gedanken und Gefühle überschwemmen sie. Ihr kommt eine Fernsehsendung in den Sinn, die sie sich kürzlich angeschaut hat. Es ging um das Leben in Deutschland direkt nach dem Krieg: das Elend, die Scham, die Härte ... Die verwaisten kleinen Kinder von Nazis, die mutterseelenallein in den Wäldern hausten – wie ein grausames Märchen der Brüder Grimm. Die Zähigkeit, mit der die Ziegel abgeklopft und Kopien dessen, was einst da gewesen war, errichtet wurden, als könnte man die Vergangenheit wiederherstellen.

»Wir hatten so großes Glück. Aber das gibt mir das Gefühl, dass ...«

»Ich weiß«, sagt Clive. »Ich bin unendlich dankbar, dass ich so alt werden durfte, ohne einen Krieg durchleben zu müssen.«

»Aber dieses Elend«, sagt Tracey und drückt das Weinglas an ihr heißes Gesicht, um es abzukühlen. »Vor dem Hintergrund dieser unglaublichen Katastrophe schäme ich mich dafür, überhaupt Gefühle zu haben ... Wie kommen wir dazu, glücklich oder traurig zu sein? Was zählen unsere mickrigen Sorgen im Vergleich damit? Wissen Sie, was ich meine?«

»Ja.« Clive schenkt ihr ein Glas Wasser ein. »Aber sie zählen trotzdem.«

»Finden Sie?«

»Selbstverständlich. Das eigene Leben ist einem immer wichtig, schließlich hat man nur das eine.«

»Ja, vielleicht.«
»Ganz sicher!«

»Die heute hat zwei Pausen«, sagt Tracey. »Das ist gut.«
»Sie ist auch wesentlich länger«, erwidert Adam.

Sie sitzen wieder in ihrer Loge, wieder in der letzten Reihe, und warten auf den Beginn der *Walküre*.

»In der Broschüre steht, dass sie von allen *Ring*-Opern immer der größte Publikumsrenner war«, berichtet Tracey. »Klingt vielversprechend.«

»Stimmt«, sagt Adam, der schon jetzt auf seinem Sitz zusammengesackt ist.

»Eine Horde Kriegerinnen, das wird dir gefallen. Und ein wilder Waldmensch, Siegmund.«

»Siegfried?«

»Nein, Siegmund. Siegfried kommt erst im dritten Teil. Ja, ziemlich verwirrend. Jedenfalls verliebt er sich, also Siegmund, in seine Zwillingsschwester, von der er früh getrennt wurde.«

»Danke, das reicht.«

»Gib dem Ganzen doch wenigstens eine Chance!«

»Ich verstehe nicht, warum du das auch noch rechtfertigst. So etwas ist nicht zu rechtfertigen.«

In der ersten Pause rennt er voraus, um sich nach Getränken anzustellen. Tracey bleibt auf der Treppe stehen. Sie ist noch ganz in der Musik der letzten Szene, bei der Tür, die sich öffnete und das Mondlicht hereinströmen ließ. *Mond*, denkt sie. Sie sieht die zarten, gewaltigen mondbeschienenen Szenen des frühen Nachmittags vor sich, den Raum mit Bildern von Caspar David Friedrich in der Alten Nationalgalerie. Im Raum dahinter hingen ungewöhnlich viele groteske Skelette, Sterbebett- und Begräbnisszenen. »Bisschen eintönig auf die Dauer, das überspringen wir«, sagte Adam. Zu ihrer Überraschung war die Galerie nicht nur herrlich leer, sondern der Pflichteifer der Aufseher auch sehr viel größer als der ihrer Londoner Kollegen. Kaum hatte Tracey den ersten Raum betreten, wurde sie auch schon von einem Uniformierten angehalten und mit erhobenem Zeigefinger zurechtgewiesen – ihre Tasche, die sie über der Schulter trug, dürfe nicht an der Körperseite herabhängen, der Riemen müsse quer über der Brust liegen. Außerdem wollte er die Eintrittskarten sehen – so wie danach noch weitere vier Wärter in den fast menschenleeren Sälen und innerhalb einer knappen Stunde Aufenthalt.

Nachdem sie einen freien Platz an einem der hohen runden Tische neben der Bar gefunden hat, lehnt sie sich an die Kante und schaltet ihren Kindle ein. Dabei lauscht sie mit halbem Ohr dem Gespräch gegenüber. Da es sich dem Aussehen nach um Geschäftsleute handelt, wird das Ganze ein Abendprogramm für einen Kunden sein. Ein englisches Paar und ihr deutscher Gastgeber.

»Sie waren in Covent Garden?«, fragt die Frau so laut und langsam, als spräche sie mit einem Schwerhörigen.

»Ja, ja«, antwortet der Deutsche. »Sehr schön!«

»Und haben Sie große Unterschiede zwischen hier und dort festgestellt?«

»Nein, kaum. Aber eines hat mich schockiert – dass die Leute dort ihre Mäntel unter die Sitze legen.«

»Das stimmt«, sagt der andere Mann. »Hier muss man seine Garderobe abgeben, nicht wahr? Uns ist es eben wichtig, schnell wieder rauszukommen.«

»Heavy Metal meets die Präraffaeliten, was?«, sagt Tracey, als Adam neben ihr auftaucht.

»Eher *Schneewittchen* meets die *Odyssee*«, erwidert er. »Ein einziges Durcheinander.«

Tracey senkt die Stimme. »Ich meine nicht die Oper, sondern das Publikum.« Sie deutet auf mehrere wild aussehende Männer in ihrer Nähe. Während die Frauen Kurzhaarfrisuren oder praktische Bobs tragen, ziehen die Männer mit ihren Pferdeschwänzen und Bärten alle Aufmerksamkeit auf sich.

»Und schau mal, wie wenig farbenfroh sie angezogen sind. Nur Schwarz-, Braun- und Grautöne, sowohl die Frauen als auch die Männer.«

»Die sind eben nicht so gewagt wie wir«, sagt Adam nach einem kurzen Blick durch den Raum.

»Auf *eine* leuchtende Farbe fahren sie aber offensichtlich doch ab – also die Frauen, die überhaupt etwas Farbiges tragen. Auf dieses grelle Knallrot, das eigentlich niemandem steht. Siehst du's? Dieses Sexshop-Rot.«

Adam folgt ihrem Blick. »Ja, stimmt.«

»Rotkäppchen-Chic.« Eine Anspielung auf das Schaufenster, vor dem sie nachmittags auf dem Rückweg von der Museumsinsel zum Hotel stehen geblieben sind.

»Kaum zu glauben«, sagt Adam kopfschüttelnd. »Und so was nennt sich Gutenachtgeschichte.«

Die Schaufensterpuppe in der Sexshop-Auslage trug einen kurzen scharlachroten Umhang mit Kapuze und Overknee-Stiefel aus Lackleder. An ihrem Arm hing ein Korb, und hinter ihr stand die fast zwei Meter hohe Pappfigur eines lüstern blickenden Wolfs. In der oberen Ecke des Fensters sah man das Schwarz-Weiß-Foto einer lächelnden Frau mit Fliegerhaube und Pilotenbrille. Über die habe ich mal etwas gelesen, sagte Adam. Sie ist eine Institution in Deutschland. Im Krieg flog sie für die Luftwaffe – eine echte Walküre. Und danach hat sie diese Sexshop-Kette gegründet und ein Vermögen gemacht.

Viel passiert nicht, denkt sie, den Blick auf die Bühne gerichtet. Eine halbe Stunde ist seit dem Beginn des zweiten Aufzugs vergangen, und Adam schläft bereits. Dem Kindle zufolge wird in diesem Teil ohne viel Handlung vor allem gerechtfertigt und eingeschüchtert.

Fricka steht für die Treue und ist stinklangweilig, zickig und langweilig, hat aber das Recht auf ihrer Seite. Leider. Nach demselben Ehrenkodex leben wie der andere oder nicht (denkt Tracey), viel voneinander fordern, die Erwartungen des anderen erfüllen oder dies, was häufiger vorkommt, nur einseitig tun, wie im Fall von Fricka und Wotan, das ist die Frage.

Fricka bewirkt nichts mit ihrer edlen Art und ihrer Gekränktheit. Gekränkt und gut zu sein genügt nicht. Moralische Entrüstung ist Schwachsinn. Aber (denkt Tracey), ich möchte so gern wieder natürliche Herzlichkeit und den Wunsch zu geben empfinden!

Diese Musik ist wie Träumen; wie ein Wachtraum. Traceys Gedanken kreisen über den Himmel, hoch in der Luft, und die Zeit bläht und weitet sich. Wo sind ihre alten habsüchtigen, selbstgefälligen Tagträume? Der Traum kommt immer zuerst. Bevor etwas passieren kann, muss man es herbeiträumen. Die Sehnsucht ist der Antrieb, also hör auf sie, sagt sie sich streng. Man kann die eigene Sehnsucht im Lauf der Jahre so sehr unterdrücken, dass sie für immer verloren geht.

Fricka macht Wotan richtig die Hölle heiß. Keif, keif, keif. Eine unglaublich undankbare Rolle. Die ganze Institution Ehe hat etwas Preußisches, etwas von einem Lehnseid. Die öffentliche Regulierung des Privatlebens, vertraglich vereinbart. Unterzeichnet, versiegelt und zum Schweigen gebracht. Denn Loyalität bedeutet unweigerlich Schweigen (denkt sie), und vielleicht ist die Musik genau dafür da – Musik, das ist Gefühl in der Luft.

Adam schnarcht leise auf.

Aber auch Wotan ist ein Langweiler. Wasch mir den Pelz, aber mach mich nicht nass. Jetzt ödet er mit seiner langen, ichbezogenen Selbstrechtfertigungstirade Brünnhilde an und findet kein Ende. Er ist schlimmer als Fricka. Und Brünnhilde muss sich das alles anhören. Sie ist seine Tochter, sie hat die Willkürherrschaft dieses gestörten alten Fieslings zu respektieren.

Adams Vater war eifersüchtig auf seine Söhne, sah sie als Konkurrenten an. Schon der kleinste Erfolg der Jungs schürte seine Wut und brachte ihn dazu, sie boshaft und brutal in ihre Schranken zu weisen.

Wo war Adams Mutter damals? »Sie hätte uns vor ihm schützen müssen, nicht ihn vor uns«, hat Adam einmal gesagt. Ja, eine stark unterbewertete Elternpflicht, denkt Tracey: Wenn nötig, muss der eine die gemeinsamen Kinder vor dem anderen schützen.

Alle tot inzwischen, seine Eltern und ihre, und nur selten war der Weg aus dem Leben einfach.

»Das ging jetzt aber ziemlich hopplahopp«, sagt Adam auf dem Weg zum Barbereich. »Am Schluss hat Wotan nur den Arm bewegt, und schon ist der andere, dieser Typ im Ledermantel, tot umgefallen.«

»Ah, an der Stelle warst du also wach!« Ich fand ehrlich gesagt den gesamten Akt ziemlich langweilig. Außer ganz am Schluss – in den letzten drei Minuten brach Chaos aus.«

»Ja, da wurde es recht laut, und ich bin aufgewacht.«

»Wotan war völlig außer sich, weil er in großen Schwierigkeiten steckt. Hier ist unser Tisch, und die Getränke stehen auch schon da. Eine gute Idee, alles vorzubestellen. Hast du Lust, schnell noch etwas auf dem Kindle nachzulesen, damit wir uns im dritten Aufzug besser auskennen?«

»Gut, aber das Weiterklicken erledigst du.«

»›*Hojotoho! Hojotoho!*‹«, liest Tracey vor. »»In dem

Gewölk bricht Blitzesglanz aus: Eine Walküre zu Ross wird in ihm sichtbar: Über ihrem Sattel hängt ein erschlagener Krieger.‹ Stimmt, die Walküren fahren auf die Schlachtfelder nieder und wählen die gefallenen Helden aus, die nach Walhall gebracht werden sollen.«

Im Aufblicken bemerkt sie, dass sie von einer jungen Frau auf der anderen Tischseite beobachtet wird.

»Wir brauchen eine Übersetzung«, erklärt sie und hält den Kindle in die Höhe. »Wir verstehen den Text nicht.«

»Wir auch nicht«, gibt die Frau zur Belustigung ihrer Begleiter zu. »Die Libretti von Richard Wagner versteht niemand.«

Sie sind fröhlich, aufgeregt, freundlich. Eine kleine Gruppe, Leute Mitte dreißig, die an diesem Abend ausgehen und ihren Spaß haben.

»Nur damit ich das richtig sehe: Brünnhilde ist die Tochter von Wotan, oder?«, sagt Tracey.

»Ja«, antworten die jungen Leute unisono.

»Und Siegfried sein Enkel?«

»Ja!«

»Ist das Inzest?«

»Ja!«

»Dann sind sie dem Untergang geweiht«, stellt Tracey unter allgemeinem Gelächter fest.

»Das ist Inzucht«, erklärt ein junger Mann mit ernster Miene.

»Die Habsburger Lippe«, sagt Adam, reckt ihm das Kinn entgegen und fletscht die unteren Zähne.

Der junge Mann zuckt vor Schreck zusammen.

»Was jetzt kommt, kennt jeder. Die Passage ist berühmt«, flüstert Adam in Traceys Ohr, als sie sich kurz vor Beginn des dritten Aufzugs auf ihre Plätze setzen. »Sie wurde in Apocalypse Now *verwendet, in der Szene mit dem Hubschrauberangriff.« Auf dem Kriegspfad, denkt Tracey; der Tod als etwas mit Sex-Appeal. Nein, ist er nicht, ganz und gar nicht. Die Toten sind nirgendwo. Die Toten sind nichts.*

Und doch. Und doch sitzen sie alle hier, gefangen von der Musik eines Toten. Aus nichts etwas machen, denkt sie, etwas, das zuvor nicht existiert hat, das ist das hier. Die meisten Leute machen es, indem sie Kinder bekommen, aber die überdauern nicht. Der Tod ist das Gegenteil davon; er macht nichts aus etwas, und dieses Nichts überdauert alles.

Wie tapfer ihr Vater war, als er noch ein, zwei Wochen zu leben hatte und die ganze Zeit herumtelefonierte, um seine Konten aufzulösen. »Kompliziert, das mit dem Nachlass«, erklärte er. Er war ein praktischer Mensch und wollte es ihrer Mutter für die Zeit nach seinem Tod so leicht wie möglich machen. »Das dauert sieben bis zehn Werktage«, teilte ihm die Mitarbeiterin der Bausparkasse Nationwide am Telefon mit und reagierte erst ungläubig, dann erschrocken, als er ihr sagte, warum ihm so viel Zeit wahrscheinlich nicht mehr bleiben werde.

Diese Kriegerjungfrauen, Brünnhilde und Waltraute und die anderen, sind beeindruckende Wesen, kraftstrotzend und laut (denkt Tracey, während die Walküren waffenschwingend herumspringen), letztlich aber dann doch brave, angepasste Mädchen, die tun, was Papa ihnen sagt. Sie sind kämpferisch, ja, aber sie werden nie das Sagen haben und wollen es auch nicht, träumen nicht einmal davon. Loyalität, Fügsamkeit, Gehorsam, das sind ihre Werte. Aber ist Loyalsein überhaupt eine Tugend oder nicht eher törichte Selbsterniedrigung, sklavischer Verzicht auf Verantwortung? Vielleicht hat es etwas mit Zugehörigkeit zu tun. Doch worin liegt der wahre Wert der Loyalität gegenüber dem eigenen Team oder dem eigenen Vater? Es hängt immer davon ab, wem die Loyalität gilt; einer falschen Sache gegenüber loyal zu sein ist sinnlos.

Diese Musik, die einem, ohne Widerspruch zu dulden, sagt, was man fühlen soll, funktioniert wie Filmmusik (denkt sie). Da sind sie wieder, die herrlichen Phrasen von vorhin, sie steigen an, schwellen an, drängen ihren Rhythmus auf. Und jetzt das andere Thema, das, unfassbar schön, aus den Tiefen der eigenen, längst verschollen geglaubten Kindheitsgefühle der Verzückung und Erfüllung empordrängt. Der Klang durchschwingt den Körper, dringt ins Nervensystem ein (sie lächelt unsicher bei dem Gedanken). Es ist, wie wenn man verliebt ist: faszinierend. Etwas Kraftvolles liegt in der Luft; man kann es weder sehen noch greifen, doch es dominiert alles.

Es ist vorbei. Fast widerwillig löst sie sich innerlich von der atemberaubenden Musik der letzten zwanzig Minuten und stupst Adam an, damit er die Augen öffnet. Wotan hat seine Lieblingstochter wegen ihres Ungehorsams bestraft, indem er sie in Schlaf versetzte und mit einem Feuerwall umgab. Rings um Brünnhilde schossen kleine Strahlen in die Höhe wie der Flammenkranz auf einem Gasherd, erzählt sie Adam auf dem Weg die Treppe hinunter. Aber leider sind einige zu früh verloschen, und am Ende war die Bühne ganz in Trockeneis gehüllt.

»Die Kostüme der Walküren waren grauenhaft«, sagt Pauline, als sie alle wieder im Bus sitzen und zum Hotel zurückfahren. »Die armen Mädchen! Nazi-Uniformen, Lederkombis wie für Motorradfahrer – einfach absurd.«

»Ein billiges Klischee, ganz Ihrer Meinung«, sagt Olive.

»Und das Poledancing hat auch nicht geklappt«, meint Clive. »Da haben sie sich erkennbar unwohl gefühlt in ihrer Haut.«

»Sollte das Vergangenheitsbewältigung à la Torsten sein?«, fragt Tracey. »Falls ja, war es nicht konsequent. Wenn die Walküren die SS sein sollten, hätte Wotan Hitler sein müssen.«

»Und Fricka Göring und Erda Goebbels«, witzelt Howard.

»Torsten war sehr gegen Frauen in Führungspositionen«, sagt Tracey.

»Ja, er hat sich richtig bissig darüber geäußert, dass das deutsche Verteidigungsministerium von einer Ministerin geleitet wird«, sagt Pauline. »Ich habe irgendwo gelesen, dass sie Medizinerin ist und sieben Kinder hat.«

»*Sieben!* Das ist Wahnsinn!«, ruft Tracey.

»Ich persönlich finde es eher beruhigend«, erklärt Olive. »Im *Ring* gibt es ja kaum erwähnenswerte Mütter und schon gar keine guten. Obwohl – am Ende kommt die Erlösung durch das Ewig-Weibliche.«

»Das was?«, fragt Adam.

Olive wendet ihm den Kopf zu, sieht ihn an und sagt feierlich: »Goethe.«

»Clive und Howard waren früher Lehrer an derselben Schule«, berichtet Tracey, während sie sich vor dem Badezimmerspiegel die Haare bürstet. »Und Olive hat Klavier unterrichtet, bis sie irgendwann Arthritis in den Händen bekam.«

»Und Pauline?«, fragt Adam, der neben ihr steht.

»Sie hat mir erzählt, dass sie zuerst im Einzelhandel tätig war und später eine Art Versandgeschäft aufgebaut hat. Ich finde sie ziemlich interessant.«

»Du findest jeden interessant.«

»Das stimmt nicht. Aber heute war ein guter Tag, oder?«

»War ganz okay. Ja, der Osten und der Westen und die Überreste der Mauer ...«

»Vor fünfundzwanzig Jahren saß ich da und habe Matthew gestillt – er war damals zwei Monate alt –, und sah dabei im Fernsehen, wie die Mauer fiel. Jetzt ist er fünfundzwanzig, und es kommt mir vor wie gestern. Ich kann mich an mein Leben vor den Jungs erinnern, es war in etwa dieselbe Zeitspanne, aber kinderlos war ich noch immer ein bisschen länger, als ich Mutter bin. Du genauso.«

»Mmm«, macht Adam, der sich gerade die Zähne putzt.

»Alle waren so glücklich, erinnerst du dich? Zum ersten Mal in der Geschichte ganz ohne Blutvergießen!«

»Mmm.«

»Weißt du noch, wo du damals warst? Daheim jedenfalls nicht.«

»Training.« Er spuckt aus. »Das war in einem völlig anderen Leben. Jetzt hängen meine Fußballschuhe am Nagel.«

»Aber wenn einem fünfundzwanzig Jahre wie gestern erscheinen, dann liegt der Ausbruch des Ersten Weltkriegs, als unsere Großeltern Kinder waren, erst vier Tage zurück.«

»Komm ins Bett«, sagt Adam, während er das Bad verlässt.

»Weißt du noch? Es war immer so schön, dieses Gewicht auf dem Schoß zu spüren und umarmen zu können, als die Jungs klein waren. Erinnerst du dich?«

»Du hast dich und deine Wünsche immer an erste Stelle gesetzt«, sagt Tracey. Sie liegt im Bett, in Adams Armen.

»Was nicht heißt, dass ich dich nicht geliebt habe.«

»Ja, wahrscheinlich.«

»Ich liebe dich noch immer.«

»Ja.«

»Es wäre dir besser ergangen im Leben, wenn du mehr wie ich gewesen wärst.«

»Wenn ich mehr wie du gewesen wäre, wären wir jetzt nicht mehr verheiratet.«

»Du wolltest unbedingt verheiratet bleiben, oder?«

»Ich dachte, ich könnte etwas verändern.«

Adam seufzt tief auf.

Nachts wird sie wach und starrt ins Dunkle. So wie bei alten Soldaten noch nach fünfzig Jahren bei einem

Wetterwechsel die Schmerzen wiederkehren, so kommen in den frühen Stunden diese Gedanken in ihr hoch. Hellwach nimmt sie ihr Handy und das Notizbuch und geht ins Bad, um dort die nächste morgendliche Sitzung mit Google und Broschüre abzuhalten.

INFORMATION: Das Denkmal für die ermordeten Juden Europas (2005) befindet sich auf einer rund 19 000 qm großen Fläche mit Blick auf den Reichstag (Tagungsort des Bundestags/deutschen Parlaments). Gegenüber im Tiergarten gibt es drei weitere, allerdings wesentlich kleinere Mahnmale: das Denkmal für die im Nationalsozialismus verfolgten Homosexuellen (2008), das Denkmal für die im Nationalsozialismus ermordeten Sinti und Roma (2012) sowie der Gedenk- und Informationsort für die Opfer der nationalsozialistischen »Euthanasie«-Morde (2014).

ZITATE: Albert Einstein verglich Deutschland mit »einem, der sich den Magen übel verdorben hat, sich aber noch nicht genügend erbrochen hat«.

Die letzte Zeile in Kurt Weills *Berliner Requiem* lautet: »Es kommet nicht auf euch an, und ihr könnt unbesorgt sterben.«

KURIOSES: Die feierliche Erhabenheit des Walhall-Motivs im Sinn, gab Wagner den Bau eines neuen Instruments in Auftrag. Die Wagnertuba produziert einen Mischklang aus Waldhorn und Posaune.

DEUTSCHE WÖRTER: *Blick* – glance, *Ruhe* – rest, *verdorren* – wither; *Waldmann* – man of the woods (hunter, forester); *Blut und Eisen* – blood and iron; *Blut und Boden* – blood and soil; *Totentanz* – dance of death; *Vergangenheitsbewältigung* – the struggle to come to terms with the past. Das Wort ist viel zu lang, denkt Tracey, wie soll man das in den Griff kriegen! Das *Kopfkino* dagegen – the skull cinema, the thought-pictures which unroll in your head when you're daydreaming – wird sie noch brauchen, denn genau das geht in ihr vor, während sie der stundenlangen Musik dieser Woche lauscht.

Donnerstag/Thursday

Erfreut betrachtet Trevor das riesige Stück Rindfleisch auf seinem Teller. »Achtundvierzig Stunden solches Essen, und es bleibt nur noch der Griff zum Magensäuremittel.«

Die Reisegruppe sitzt an einem großen Tisch im Dachgarten-Restaurant auf dem Reichstag mit herrlichem Blick nach Osten.

»Aber es schmeckt köstlich«, fügt er hinzu. »Ja, ja, die Deutschen lieben ihr Fleisch.«

»Nicht alle«, widerspricht Adam. »Sowohl Wagner als auch Hitler waren Vegetarier.«

Denise, deren vegetarisches Alternativgericht vor sich hin welkt, blickt ziemlich sauer drein.

»Sie haben es unglaublich mit ihrer Verdauung, genau wie die Franzosen«, sagt Howard. »Aber während die Franzosen ständig um ihre Leber fürchten, ist es bei den Deutschen der Darm.«

»Regelmäßiger Stuhlgang! So hieß das, als ich ein Kind war«, erzählt Olive. »Im Vorkriegsengland musste man *regelmäßigen Stuhlgang* haben. Alle waren wie besessen davon. Ah, dieser grauenhafte Feigensirup!«

»Heutzutage nennt man das Detox«, sagt Tracey. »Darmreinigung.«

»In Wirklichkeit funktioniert der Körper natürlich ganz und gar nicht so«, erklärt Trevor, bevor er einen Schluck Wein schlürft.

»Hartleibigkeit – auch so ein Wort, das man nicht mehr hört«, sagt Olive.

»Aber als ehemaliger Mediziner muss ich gestehen, dass man oft nur schwer herausfindet, woran es genau liegt, wenn mit der Verdauung tatsächlich einmal etwas schiefläuft«, wirft Trevor ein.

»Meiner Meinung nach sind Verdauungsstörungen ein Herzinfarkt«, sagt Howard, ist aber wegen des Rindfleischbissens im Mund kaum zu verstehen.

»Wie du schlingst ...«, murmelt Clive kopfschüttelnd.

»Als ich letztes Jahr entsprechende Probleme hatte«, sagt Trevor, »war ich mir ziemlich sicher, worum es sich handelte. Von den Symptomen her hätte es aber auch etwas anderes sein können, und die Ärzte wollten Untersuchungen durchführen, um diese Möglichkeit auszuschließen. Also habe ich mich untersuchen lassen, und wie ich mir bereits gedacht hatte, war es das nicht.«

Er legt eine kurze Sprechpause ein und nimmt sich Senf.

»Dann hieß es, wir machen Sie auf und schauen mal nach. Haben sie dann auch getan, und siehe da – genau, was ich gesagt hatte: ein Darmgangrän.«

»Das klingt schlimm«, sagt Tracey aus Höflichkeit.

»Ist letztlich alles gut ausgegangen. Die Ärzte haben es zeitig genug entdeckt und ein langes Stück Darm entfernt. Aber Sie haben recht, es hätte böse enden können.«

Alle schweigen und versuchen Trevors Bericht zu verdauen. Adam legt Messer und Gabel ab, richtet den Blick zum Fenster und betrachtet den Fernsehturm.

»Also, dass sie diese russischen Graffiti erhalten haben und öffentlich zur Schau stellen, hat mir imponiert«, verkündet Pauline, das Thema wechselnd. »Die sind ja nicht unbedingt schmeichelhaft.«

»Das nette Mädchen, das sich geweigert hat, uns mehr als *Hitler kaputt* zu übersetzen, konnte natürlich nichts von unserer Broschüre wissen.«

Tatsächlich enthielt die Broschüre die vollständige Übersetzung der in kyrillischer Schrift angebrachten Obszönitäten.

»Mich hat die Glaskuppel sehr beeindruckt, muss ich sagen«, bemerkt Clive. »Mir war nicht klar, dass jeder da hinaufgehen und den Abgeordneten unten im Sitzungssaal beim Debattieren zusehen kann.«

»Der gute alte Norman«, sagt Adam. »Für so etwas braucht man dann eben einen Briten.«

»Sind Ihnen gestern bei der Busrundfahrt auch die massiven Poller vor der britischen Botschaft aufgefallen?«, fragt Tracey. »Genau wie vor der amerikanischen Botschaft am Grosvenor Square. Offensichtlich gelten inzwischen wir als die Kriegstreiber.«

»Ja«, sagt Olive.

Während die Teller abgeräumt werden, um Platz für die Schwarzwälder Kirschtorte zu machen, kommt die Gruppe auf die Oper zu sprechen, die an diesem Abend aufgeführt wird.

»Wagner selbst mochte sie am liebsten von allen *Ring*-Opern«, erklärt Howard in seiner schulmeisterlichen Art. »Es ist die am deutlichsten faschistische von den vieren. Der blonde Held als höherwertiges Wesen. Auch wenn es den Faschismus noch gar nicht gab, als Wagner das komponierte, sagt es doch einiges aus. Und es geht ja auch alles schief.«

»Dieses Trara um den großen blonden Helden ist aber wohl eher skandinavisch als germanisch«, entgegnet Pauline forsch. »Wagner selbst war doch klein und dunkelhaarig.«

»Wie Hitler«, sagt Adam.

»Die Nazi-Anthropologen hielten Wagner tatsächlich

für nordisch-dinarisch-stämmig, wobei sich ›dinarisch‹ auf den Balkan bezieht«, doziert Howard weiter. »Und er wirkte sicherlich eher keltisch als teutonisch. Hitler liebte den *Ring* und hatte die Partitur stets bei sich.«

»War Wagner Ihr Spezialthema beim *Mastermind-Quiz*?«, fragt Adam.

Howard ignoriert ihn.

»Haben Sie diesen Film über Hitler gesehen?«, fragt Trevor. »Fand ich sehr gut.«

»Es gibt ziemlich viele Filme über Hitler«, sagt Adam.

»Da haben Sie recht.« Trevor seufzt. »Lassen Sie mich nachdenken. Ich meine den, der im Bunker spielt. Ich komme noch auf den Titel …«

»Meinen Sie den, in dem Goebbels und seine Frau alle ihre Kinder töten? *Downfall?*«, fragt Pauline.

»*Der Untergang*«, sagt Olive.

»Genau den!«, bestätigt Trevor strahlend.

»Mit Zyankali-Kapseln«, sagt Clive. »Keine schlechte Geschäftsidee. Wenn man die im Internet verkaufen könnte, würde man viel Geld damit verdienen. Es besteht bestimmt eine große Nachfrage nach einem Mittel, das schnell und schmerzlos wirkt. Dann müsste man nicht mehr nach Zürich fahren.«

»Dass Zyankali schmerzlos wirkt, wage ich zu bezweifeln«, wendet Trevor ein. »Nein – früher war das eine relativ unkomplizierte Angelegenheit: Kopf in den Ofen und fertig. Aber diese Möglichkeit gibt es schon lange nicht mehr.«

»Jedenfalls ist es nie verkehrt, immer etwas in petto zu haben«, sagt Olive.

»Ich dachte damals, in *Der Untergang*, also in dem Film, würden sie garantiert Musik aus der *Götterdämmerung* verwenden. Konnte ja gar nicht anders sein. Aber Pustekuchen – nicht eine einzige Note! Stattdessen haben sie *Didos Klage* genommen, die große englische Hymne an den Selbstmord.«

»Remember me! Remember me!«, singt Clive mit schriller Stimme.

»Und was haben Sie in petto, Olive?«, fragt Trevor.

»Das Wasser aus einer Vase mit Fingerhutblüten soll sehr gut wirken, habe ich gehört«, antwortet Olive lächelnd. »Deshalb halte ich mir stets einen großen Vorrat im Garten.«

»Ah, Digitalis!«, ruft Trevor.

»Was?«, sagt Adam.

»Schsch!«, macht Tracey.

Sie sitzen schon eine ganze Weile in der Aufführung der dritten Oper, und Tracey staunt über die beiläufige Gewaltbereitschaft des blauäugigen Trottels Siegfried. Seine ungestüme Brutalität weist ihn klar als Wikinger aus, und wie Howard ihnen mittlerweile mehr als einmal erklärt hat, bediente sich Wagner tatsächlich vorwiegend aus altisländischen Quellen. So viel zu den abgründigen deutschen Mythen. Aber immerhin ist Adam wach und scheint diese Oper nicht ganz so fürchterlich zu finden.

Das Ewig-Männliche, denkt sie in Erinnerung an den von

Olive am Abend zuvor erwähnten Begriff. Siegfried ist kühn und furchtlos, das macht ihn zum Helden, zum starken Mann. Und der Mythos vom starken Mann ist noch immer mächtig.

Der Wagner'sche Drang zur Vergötterung und Heldenverehrung ist gefährlich, denkt sie. Das weiß ich; habe ich immer gewusst. Wotan ist zwar der Herrscher über alle Götter, aber auch griesgrämig und depressiv. Siegfried ist stark und schön, aber auch ein Vollidiot. Meide die Schamanen! Als ich erwachsen war (denkt sie) und gelernt hatte, dass auch starke Gefühle ambivalent sein können, habe ich gelacht. Und geweint. Nicht jeder ist einfach gestrickt.

Schließen sich also (überlegt sie) Scharfsicht und Verliebtsein gegenseitig aus? Denn ohne Idealisierung kann man sich nicht verlieben, kann man nicht in diesen alles verwandelnden, musikähnlichen Zustand geraten. Es braucht eine gewisse Distanz dazu. Keine Verfälschung, aber auch nicht die ganze Wahrheit. Zumindest am Anfang.

Da kommt der ewig vorwurfsvolle Wanderer mit seinem Schlapphut und verbreitet Weltuntergangsstimmung. Tracey denkt an das einige Stunden zurückliegende Gespräch mit Pauline im Reichstag. Kein offenes Gespräch, für das man niedergemacht werden könnte, sondern eine Unterhaltung in gedämpftem Ton, wie üblich, wenn es zwischen Frauen um dieses Thema geht.

»Vorwürfe erheben«, sagte sie zu Pauline. »Schuld zuweisen.«

Plötzlich war das Reisehandbuch weg gewesen, und Adam hatte die beiden Frauen zurückgelassen und war unter

Schimpftiraden gegen Tracey zu dem Tisch zurückgegangen, an dem sie kurz zuvor alle gegessen hatten.

»Etwas läuft schief, ohne dass ich etwas dafür kann, und jedes Mal muss ich wie ein Löwe darum kämpfen, nicht beschuldigt zu werden.«

»Da ist er nicht der Einzige – meine Söhne machen es genauso«, sagte Pauline. »Es treibt mich fast in den Wahnsinn.«

»Wirklich?«

»Ich schreie sie dann immer an: ›Na und?‹«

»Aha.«

»Soll heißen, gut, ihr habt die Schuldige, aber wen kümmerts! Die entscheidende Frage ist doch, was machen wir jetzt? Aber das interessiert sie nicht annähernd so sehr wie das Beschuldigen, wie die Frage, wer dafür verantwortlich ist und so weiter.«

»Ja, genau!«

Wie sich herausstellte, hatten sie beide je zwei Söhne. Pauline war oft auf Besuch bei ihren Kindern und Enkeln und musste sich jedes Mal Vorwürfe anhören. Kinder sind immer wegen irgendetwas sauer auf ihre Eltern, sagte sie achselzuckend.

»Rivalisieren Ihre beiden auch ständig miteinander?«, fragte Tracey.

»Meine rivalisieren so sehr, dass sie nicht mal miteinander reden! Erwachsene Männer, verheiratet, mit Hypotheken belastete Häuser – spielt aber alles keine Rolle für sie. Der eine nimmt an einem Marathon teil, der andere findet es heraus und meldet sich im nächsten Jahr zu zwei Läufen an. Und *jetzt machen sie beide bei diesem aberwitzigen Ironman-Wettkampf mit.«*

»Ironman?«

»Warten Sie nur, das kommt bei Ihren beiden garantiert als Nächstes. Da muss man fast vier Kilometer schwimmen, dann hundertachtzig Kilometer auf dem Rad zurücklegen und anschließend zweiundvierzig Kilometer laufen, alles ohne Pausen.«

»Oh mein Gott!«

»Ganz groß in Mode als Posten im Lebenslauf. Das gewisse Extra, mit dem man punkten kann.«

Siegfried hätte den Ironman spielend geschafft mitsamt seinem natürlich selbst geschmiedeten Schwert. Und jetzt hat er damit den Drachen getötet.

»Hat ein bisschen gedauert.« Adam taucht in der zweiten Pause mit den Getränken auf. »Viele Briten in der Schlange. Die Frau neben mir hat erzählt, dass sie zu einer vierzigköpfigen Busreisegruppe aus Colchester gehört. Die haben ihre Eintrittskarten online als Blockbuchung gekauft und gehen hinterher essen. Angeblich ist das schon ihr siebter *Ring*-Zyklus!«

»So wie andere Achttausender sammeln«, sagt Tracey.

»Dass man davon süchtig werden kann, habe sogar ich inzwischen kapiert. Die Musik hier mit dir zu hören ist etwas völlig anderes, als damals von Dad damit beschallt zu werden. Sehr mitreißend, allerdings oft eher in die falsche Richtung.«

»Wie meinst du das?«

»Auf den Reichsparteitagen in Nürnberg beispielsweise.«

»Ach so, ja.«

»Es ist schön, neben dir zu sitzen. Bei dir zu sein.«

»Ja?«

»Ja. Aber werfen wir noch einen Blick in den Kindle. Also, Siegfried streitet mit dem Wanderer. Der ist sein verkleideter Vater, oder? Und dann zerschlägt er Wotans Speer mit seinem Schwert.«

»Es klingelt schon, lesen wir schnell das Ende!« Tracey blättert hastig weiter. »Siegfried küsst Brünnhilde wach. ›Heil dir, Sonne! Heil dir, Licht! Heil dir, leuchtender Tag!‹ Liebe auf den ersten Blick. Doch dann hat sie zwei, drei, vier Seiten lang Angst, ihre Unabhängigkeit zu verlieren, ihren Panzer.«

»Du warst genauso, weißt du noch?«

»Aus gutem Grund«, sagt Tracey. Weil man das Gefühl hatte, durch die Heirat sehr viel mehr als der Mann aufzugeben. Nicht nur gewissermaßen die ganze Welt, sondern auch die eigene Freiheit. Man musste es schaffen, dem Mann wie einem Freund zu vertrauen. Oder galt das nur für meine Frauengeneration?

»Die Klingel – wir müssen.« Adam stürzt seinen Wein hinunter.

»Die letzten Zeilen.« Traceys Blick ist auf den Kindle gerichtet, während sie die Treppe hinaufeilen. »›*Leuchtende Liebe, / lachender Tod.*‹«

»Heißt?«

»Radiant love, laughing death. Das geloben sie einander.«

»Einen lachenden Tod? Bist du sicher?«

»Schsch! Es beginnt.«

Tracey döst und träumt in der Musik, wiegt sich in deren hitziger Entrücktheit. Es muss weitergehen (denkt sie); gut, aber wenn man Leid verursacht hat, gehört das für immer unauslöschlich zur eigenen Geschichte. Zumindest wenn man wahrhaftig sein möchte. Im Bus ist es manchmal so; das laute Tuckern und Surren, Bremsen und Anfahren, als wäre man in einem riesigen Teekessel. Es geht nur langsam voran, kein Ende in Sicht, jeder Passagier in seiner eigenen Festung, Tasche auf dem Schoß, und doch auch gesellig, weil man nicht allein ist.

Sich diese Musik für sich anzuhören, so wie Adams Vater, wäre ein gigantisches Gefühlserlebnis ganz ohne die üblichen menschlichen Konsequenzen im wirklichen Leben. Man könnte das Leid ausblenden und sich auf die eigenen Emotionen konzentrieren, ohne andere egoistisch oder gemein zu behandeln. Alles würde sich nur um einen selbst drehen.

»Wenigstens hat es dein Vater eisern durchgestanden, warum auch immer«, hat sie damals zu Adam gesagt. »Er ist nicht weggelaufen.«

»Na und? Er hatte keine Freude an uns. Wenn es nicht um ihn ging, zählte es nicht.«

»Ich weiß. Das ist traurig.«

Erst ihre Eltern, dann die von Adam. Wie dieses Partyspiel, bei dem man sich still hinsetzen muss, sobald man an der Schulter berührt wird, und dann nichts mehr tun kann, ausgeschieden ist. Sie denkt an Kinder, die allein in ihrem Bett liegen, an ihre gleichmäßigen Atemzüge.

Jetzt singen sie wieder ewig; eternal, everlasting. *Sie denkt: Viele Jahre bleiben wir die Gleichen oder doch halbwegs wir selbst. Aber die Zeit schreitet voran oder auf und ab oder immer im Kreis herum. Wie dem Tod begegnen? Das war die Frage, die man sich stellen musste, sobald man kein Kind mehr war – erst dem Tod anderer, dann dem eigenen. Ja, bedacht werden musste der Tod, aber die wahre Kunst bestand darin, ihm keine Macht über die eigenen Gedanken zu geben. Diese sonderbaren Abschweifungen, diese hochgestochenen abstrakten Eingebungen sind eindeutig dem Kontakt mit dieser Musik geschuldet (stellt sie fest). Deren Überdimensioniertheit ist offenbar ansteckend.*

Trevor hat ihr erzählt, wie sehr er sein Leben genießt. »Ich besitze genug Geld, bin gesund und noch bei klarem Verstand und finde es wundervoll, jetzt Zeit für all das zu haben, was ich gern tue.« Trevor und Olive – man muss sie bewundern, die beiden kühnen alten Weltenfahrer. Mit über achtzig lebt man in einem anderen Land, am Hof eines Despoten. Man hofft, der Tag möge so fern wie möglich sein, weiß aber, dass man auf der Abschussliste steht.

Diese Musik zieht ihre Macht auch aus der Art, wie sie den Zuhörer immer aufs Neue mit bestimmten schmetternd wiederholten Akkorden und Phrasen ergreift, mit Motiven, die, Gefühlen ähnlich, ständig kreisen. Olive schossen die Tränen in die Augen, als Tracey sich nach ihrer Zeit als Flüchtlingskind im Krieg erkundigte. Und ist es überhaupt möglich (fragt sich Tracey), Gefühle abzuspalten und die schmerzlichen in den Windschatten zu stellen, damit sie dort verkümmern und verblassen? Sie unterliegen ja nicht den üblichen Regeln; sie scheren sich nicht um die Zeit.

Diese Musik hat durch ihre Lautstärke etwas Körperliches (denkt sie), unablässig wiederholt sie sich und durchbebt mit Hörnerschall und Trommelwirbel den ganzen Leib. Sie schleicht sich ein und dehnt sich aus, ist sich selbst Nahrung. Sie verändert den Herzschlag!

Tracey ergreift Adams Hand. Innenfläche an Innenfläche, die gestreckten Finger ineinander verschränkt, bewegen sich beider Hände kaum merklich zur Musik. Jetzt streift Tracey einen Schuh ab und fährt mit der nackten Sohle über Adams Schienbein, streicht mit dem Fußgewölbe vom Knöchel nach oben und um seine Wade. In der Abgeschiedenheit der Loge, ganz hinten in der letzten Reihe, nimmt Adam Traceys warme Hand in seine. Verlegen und sehr auf die Leute vor ihnen bedacht, ändern sie höflich lächelnd ein wenig ihre Sitzhaltung. Tracey denkt an die kommende Nacht. Sie muss nur seine Haut berühren, sanft und fantasievoll, muss nur sanft und einfühlsam ihre Fingerspitzen benutzen …

Heute Nacht ist es still im Bus auf der Rückfahrt zum Hotel. Alle Mitglieder der kleinen Gruppe sind müde; manche haben die Augen geschlossen.

»Anfangs haben wir uns beklagt, weil es keine Übertitel gibt«, sagt Pauline vor sich hin, »aber jetzt bin ich eher froh darüber. Es macht mir nichts aus, weil ich die Geschichte vom Kino her kenne. Diesmal lenkt mich nichts von der Musik ab, und ich finde sie wundervoll.«

Tracey holt ihr Notizbuch hervor. *Ausgang*/exit, *Stuhlgang*/bowel movement, *Untergang*/downfall. Diese Wörter hat sie ihrer Vokabelliste heute hinzugefügt. Jetzt schreibt sie sich aus dem Kindle die Zeilen heraus, die ihr zu Beginn des letzten Akts gefallen haben: *Mein Schlaf ist Träumen, / mein Träumen Sinnen, / mein Sinnen Walten des Wissens.*

»Wir hatten früher Vokabelhefte in der Schule«, sagt Clive. »Zehn Wörter pro Tag. Allerdings nicht Deutsch, sondern Französisch. *Jusqu'au bout. Une crise de nerfs.* Sehr hilfreich!«

»Das Erlernen einer neuen Sprache soll zwar gut für das Gedächtnis sein, aber ich bleibe trotzdem lieber bei meinen Kreuzworträtseln«, sagt Trevor.

»Ich kann das nicht, Kreuzworträtsel lösen«, gesteht Tracey. »Ich würde es aber gern können.«

»Ich weiß, dass ich loslassen muss«, sagt Tracey.
»Allerdings!«
»Ich mache es, aber erst musst du etwas tun.«
»Rache? Willst du Rache?«
»Nein!«
»Was dann? Wiedergutmachung?«
»Nein, auch nicht. Ich will... Anerkennung. Ja, Anerkennung! Sag, dass dir klar ist, was du aus freien Stücken getan hast, obwohl du mich liebst und gewusst hast, dass es mich verletzen würde!«

»Also, das ist ziemlich viel verlangt. Ich habe einfach getan, was ich wollte, und alle unangenehmen Gedanken weggeschoben.«

»Bitte! Du musst es nicht bereuen, nur anerkennen.«

»Du willst unbedingt im Recht sein. Okay, das kriegst du, das kannst du haben.«

»Nein, darum geht es mir auch nicht! Ich will nur wissen, was passiert ist, damit ich ein bisschen mehr über dich erfahre und wir neu anfangen können.«

»Ich will nicht, dass du das über mich weißt.«

»Tja, Pech!«

»Lass uns über etwas anderes reden!«, ruft Adam und küsst sie so energisch und beharrlich, dass sie nichts mehr sagen kann.

In einer langen Ehe, denkt Tracey hinterher, bevor sie einschläft, ist das Vorspiel weniger eine Formsache als vielmehr ein formalisierter, stilisierter Ablauf eleganter Gesten, eine Art traditioneller Tanz, geschliffen und verfeinert durch Jahrhunderte der Wiederholung. Und immer kann es eine Überraschung geben, eine ganz neue, bisher nie erlebte Bewegung oder Empfindung.

Samstag/Saturday

»Das Problem ist, dass wir alle länger leben«, sagt Adam.

»Ein eher angenehmes Problem ab einem bestimmten Alter«, meint Trevor.

Tracey lächelt ihn an, und er zwinkert ihr zu. Ehe es in den Endspurt des Opernmarathons geht, nimmt die

Reisegruppe ihr Mittagessen in einem türkischen Kebab-Lokal ein.

»Letzte Woche bin ich vierundsiebzig geworden«, teilt Howard den anderen mit. »Ich habe einen Internet-Test gemacht, durch den man erfährt, wie lange man noch hat. Wegen der Leute, die bereits gestorben sind, steigen die Chancen, je älter man ist. Mit vierundsiebzig ist die Wahrscheinlichkeit, hundert zu werden, größer als mit sechzig!«

»Wie soll das gehen?«, brummt Adam.

»Beim ersten Mal war ich etwas sparsam mit den Angaben bezüglich der konsumierten Alkoholmengen«, fährt Howard fort, ohne Adam zu beachten, und trinkt einen Schluck Wein. »Da kam ich auf siebenundneunzig. Dann habe ich das Ganze etwas ehrlicher ausgefüllt und bin immer noch bei fünfundneunzig gelandet!«

»Trotzdem – Adam hat recht«, sagt Trevor. »Das Gesundheitswesen steckt in einer Riesenklemme, weil wir – Hurra! – nicht nur immer länger leben, sondern auch weil die verfügbaren Therapien heutzutage sehr viel wirksamer und natürlich auch um einiges teurer sind als vor zwanzig, dreißig Jahren …«

»Und die Renten erst …«, sagt Adam.

»Adam!«, mahnt Tracey.

»Als ich mit sechzig in Rente ging, hieß es, ich soll zehntausend Tage einplanen«, berichtet Pauline. »Das wurde uns vor dem Ruhestand als Aufmunterung mitgegeben.«

»Sehr interessant«, murmelt Howard und beginnt zu rechnen.

»Für uns dürfte es eher mit siebzig sein, wenn überhaupt«, sagt Adam. »Die Renten sind inzwischen eine einzige Katastrophe.«

»Als Sie gestern alle in Potsdam und am Wannsee waren, habe ich ein bisschen gelesen und erfahren, dass der Erste Weltkrieg eintausendfünfhundert Tage gedauert hat«, wirft Tracey hastig ein.

»Siebenundachtzig«, sagt Howard zu Clive und spitzt den Mund.

»Das sind mit die besten Köfte, die ich je gegessen habe«, erklärt Trevor. »Aber jetzt zur *Götterdämmerung*! Was heißt das eigentlich?«

»Ja, natürlich.« Tracey greift zu ihrem Notizbuch. »Also, *Dämmerung* ist twilight.«

»Ziemlich berüchtigt, diese Oper«, sagt Clive.

»Ja«, bestätigt Howard, »riecht sehr stark nach Eau de Bunker.«

»Was bestimmt zum größten Teil ganz einfach Pech ist«, sagt Pauline. »So wie *Nessun Dorma* 1990 während der Fußball-WM als BBC-Intro herhalten musste.«

»Oder die Cornetto-Werbung mit *O sole mio*«, fügt Clive an.

Howard spricht weiter, ohne auf die Beispiele einzugehen. »Aber schließlich hat das Dritte Reich viele herrliche Dinge in Beschlag genommen. Die Pracht des alten Griechenland, das den Propyläen der Akropolis nachempfundene Brandenburger Tor – alles haben sie sich mit Haut und Haar einverleibt. Die olympische Herrenrasse.«

»Eichen«, sagt Clive. »Den Wald. Die Wandervogelbewegung.«

»Die was?«, fragt Adam.

»Das Wandern. Die Nazis waren sehr naturbewusst.«

»Ich dachte, die Eiche wäre ein Symbol des alten England«, wendet Adam ein.

»Nein, nein, die Eiche haben die Deutschen lange vor uns für sich beansprucht.«

Adam runzelt die Stirn. »Sind Sie sicher?«

»Hundertprozentig.«

»Dass Hitler Eichen mochte, heißt noch lange nicht, dass sie deswegen etwas Schlechtes sind«, sagt Tracey. »Oder die Akropolis.«

»Oder, wenn man es weiterdenkt, Wagner«, sagt Howard.

Als es Zeit für den Kaffee wird, bittet Tracey Clive, den Platz mit ihr zu tauschen, damit sie sich zwischen Olive und Pauline setzen kann.

»Hallo, meine Liebe«, sagt Olive. »Wo waren Sie denn nun gestern, als wir nach Potsdam gefahren sind?«

»Und an den Wannsee«, setzt Pauline hinzu. »Grausig.« Sie schüttelt den Kopf.

»Ich hatte wirklich genug von Torsten und bin einfach ausgebüxt, was sich im Nachhinein als wahrer Glücksfall erwiesen hat.«

Sie erzählt, wie sie vom Ku'damm in die Fasanenstraße einbog und zufällig auf das Käthe-Kollwitz-Museum stieß.

»Käthe Kollwitz? Klingt bekannt, aber ich weiß nicht, woher«, sagt Pauline. »Ich glaube, ich habe den Namen in der Broschüre gelesen und erkenne ihn deshalb wieder.«

Sie holt die Broschüre aus ihrer Handtasche und beginnt zu suchen.

»Eine große Künstlerin«, erklärt Olive.

»Und wie!«, sagt Tracey. »Jedenfalls weiß ich das jetzt. Ich hatte zuvor kaum je etwas von ihr gehört, kannte nur die eine oder andere Lithografie. Dabei habe ich mich immer für ungemein kunstinteressiert gehalten.«

Sie denkt zurück an das, was sie gesehen hat, und überlegt, wie sie es ihnen beschreiben soll. Völlig unvorbereitet hat sie das Haus betreten und ist wie in Trance durch die Räume mit den zarten, entsetzlichen Lithografien und Holzschnitten gegangen, die den Tod als Erlösung für Hungernde, als den Griff des Todes in eine Kinderschar zeigten. Porträts hungernder Kinder und verzweifelter Witwen, Frauen mit schlafenden Kindern im Arm, toten Kindern, und Klageszenen. Die heftige Wut und Ehrlichkeit der Bilder, ihre Kraft und rasende Mutterliebe haben ihr den Atem genommen.

»Ich habe mir einige Zitate von Käthe Kollwitz aus den Bildtexten in mein Notizbuch geschrieben, zum Beispiel: ›Nie habe ich eine Arbeit kalt gemacht, sondern immer gewissermaßen mit meinem Blut.‹ Mit fünfzig, als sie berühmt war, wendete sie sich gegen den Kaiser und prangerte öffentlich den Krieg an – da habe ich es: ›Wir waren betrogen damals... Peter und die Millionen und Millionen, viele Millionen anderer. Alle betrogen.‹ Wie mutig, so etwas 1918 in der Zeitung zu schreiben! Warum ist sie außerhalb von Deutschland nicht bekannter?«

»Saatfrüchte sollen nicht vermahlen werden«[2], lautet Olives obskure Erwiderung. Und den Zweiten Weltkrieg hat sie auch noch erlebt. Ein Dorn in Hitlers Fleisch. Zwei Wochen vor dem Ende ist sie gestorben.«

»Jetzt habe ich es gefunden. »›Käthe Kollwitz.‹« Pauline liest aus der Broschüre vor. »›Die Neue Wache in Berlin, Gedenkstätte für die Opfer von Krieg und Gewaltherrschaft, blablabla, sowohl die Kommunisten als auch der Westen versuchten sie für sich zu reklamieren, was jedoch beiden misslang. Verlor im Ersten Weltkrieg einen Sohn, im Zweiten einen Enkel, beide mit Namen Peter. Ihre Bronzeskulptur einer Mutter mit ihrem toten erwachsenen Sohn steht auf den sterblichen Überresten eines unbekannten deutschen Soldaten und eines unbekannten Widerstandskämpfers, deren Urnen zusammen mit Erde von neun europäischen Schlachtfeldern und aus fünf Konzentrationslagern bestattet wurden.‹«

»Hier, aus ihrem letzten Tagebuch.« Tracey liest vor: »›Aber einmal wird ein neues Ideal erstehen, und es wird mit allem Krieg zu Ende sein. In dieser Überzeugung sterbe ich.‹«

---

2 Titel einer Lithografie der Künstlerin von 1941. (Anm. d. Ü.)

»Wenn ich das nur auch könnte«, sagt Olive.

»Ja, einen doppelten Espresso, bitte«, sagt Pauline zu dem Kellner, der die Bestellungen aufnimmt.

»*Schwarzen Kaffee, bitte*«, ordert Olive auf Deutsch.

»Ohne Koffein stehen wir das nicht durch«, meint Pauline. »Um Viertel nach drei steigen wir in den Bus, und um zehn werden wir wieder abgeholt.«

»Bevor ich es vergesse, Olive – ich wollte Sie nach dem Begriff fragen, den Sie neulich erwähnt haben. Das Ewig-Weibliche. Was ist das eigentlich? Was ist damit gemeint?«, fragt Tracey.

»Erlösung. Erbarmen. Jede Wette, dass sie sich damit freikaufen und Mitleid heischen wollen!«, wirft Pauline verächtlich ein. »Es macht mich unglaublich wütend, dass wir immer mit so etwas abgespeist werden.«

»Ja«, sagt Olive.

Schulter an Schulter sitzen sie zum letzten Mal in der hinteren Logenreihe.

»Habe ich das Wichtigste?«, fragt Adam, während Tracey die Kindle-Seiten durchblättert. »Siegfried verrät Brünnhilde, kann aber nichts dafür, weil man ihm einen Vergessenstrunk gereicht hat?«

»Ja, ich glaube, so war es. *Blutsbrüderschaft*. Da, jetzt habe ich es: *Gram und Grimm. Hoiho! Hoihohoho!*«

»Und der Neue, dieser niederträchtige Hagen – eigentlich viel zu spät für zusätzliche Figuren«, beschwert sich Adam.

»Aber im Wesentlichen geht es nach wie vor um

Siegfried und Brünnhilde. Da: *Verrat! Verrat! Wie noch nie er gerächt!*«

»Und wegen des Tarnhelms sieht er so aus wie der andere. Wie um Himmels willen sollen wir das alles mitkriegen?«

»Schließ an diesen Stellen die Augen, ich mache es auch so. Wenn man dann der Musik lauscht, ist es, als würde man träumen.«

Träume, denkt sie, während es dunkel wird; unrealistischer Quatsch (was die Handlung betrifft), aber realistische Gefühle. Und hier kommt wieder diese Musik, eine Musik des Wandels, die sich verschiebt und ständig verändert. Tracey lockert die Schultern und lehnt sich zurück. Mehr als fünf Stunden dauert die letzte Oper, fast sechs, die Pausen mitgerechnet. Aber es rundet sich zu etwas Ganzem. Wie vertraut ihr die Musik jetzt ist nach dem Klangbad der letzten Tage, vertraut und neu zugleich.

Wiederholung mit Variationen, denkt sie, dasselbe, aber anders. Das ältere Ehepaar am Flughafen hat das verstanden und sich durch ein gemeinsam erlebtes Abenteuer eine neue innere Welt zusammengeschmiedet. Aber so weit bräuchte man gar nicht zu gehen; jeder neue Ort würde ausreichen, solange er für beide neu ist. Denn wie kommt es, dass wir hier am Ende der atlantischen Sturmbahn schon nach einem einzigen sonnigen Tag von der Ankunft des Sommers überzeugt sind? Weil wir Menschen sind und bis zum Schluss immer wieder gemahnt und ermutigt und erfrischt werden müssen – deshalb fassen wir auch nach so langer Zeit noch Vorsätze und überlegen uns, wie dem Leben auf neue Art zu begegnen wäre.

Willst du alt werden (fragt sie sich)? Ja, natürlich. Je mehr Zeit vergeht, umso stärker hänge ich an meinem Leben und an meinen Freunden und an allen Menschen, die ich mag. Ich will wissen, wie es weitergeht. Für einen jungen Menschen sind die Bande loser, man ist noch nicht verwurzelt. Denk an die Verletzlichkeit eines Babys in den ersten drei Monaten, wenn es noch gar nicht richtig auf der Welt ist. Noch mit dreißig kann der Tod eines Elternteils einen nicht völlig verwurzelten jungen Menschen schwer in Mitleidenschaft ziehen. Einmal habe ich lachend zu meiner Mutter gesagt: »Es ist okay, du kannst jetzt gehen. Ich hoffe nicht, dass du es tust, aber ich komme allein zurecht. Ich bin jetzt erwachsen.«

Wehe! Wehe! Waffen durchs Land! *Hörner dröhnen, und auf der Bühne wird hin und her gelaufen und mit Speeren und Schwertern gefuchtelt. Tracy schielt zu Adam hinüber und sieht, wie gefesselt er ist. Im Lauf der vier langen Abende in ihrer Begleitung haben ihn die Farbe und die Botschaft und das Gefüge der Musik umgestimmt. Olive hat ihr heute von den Sprachschwierigkeiten erzählt, die sie während ihrer kurzen Ehe mit einem Deutschen in Deutschland hatte, von den erfolglosen, mühsamen Versuchen, die Wand aus undurchdringlichen Lauten zu durchbohren, in der sie nur hin und wieder ein Wort erkannte, bis sie, nicht plötzlich, sondern allmählich, bemerkte, dass sie die Leute verstand. Als hätte sie einen schwer zu findenden Radiosender endlich doch empfangen können, sagte sie. Und das Gleiche ist in dieser Woche mit der Musik passiert, denkt Tracey; selbst Adam lauscht ihr aufmerksam, was in Anbetracht seines Wotan-Komplexes einiges heißen will.*

Olives Blick verschleierte sich, als Tracey und Pauline sie auf ihre Zeit in Deutschland ansprachen. »Nur nie mit einem Depressiven zusammenleben, die saugen einem das Leben aus«, sagte sie und fügte hinzu, dass in ihren Augen eine Ehe immer jeweils das sei, was man sich gefallen lasse, dass sie jetzt aber viele liebe Freunde habe. Damals in Lübeck habe sie auch die Oper für sich entdeckt – »In der Oper konnte ich das Brutale, Unsoziale in mir ausleben. Das hat mir im wahren Leben eine Menge Schwierigkeiten erspart.«

»Für deinen Dad hatten die Opern wahrscheinlich dieselbe Funktion«, sagte Tracey zu Adam, nachdem sie ihm von Olives letzter Bemerkung erzählt hatte. »Ohne die Opern wäre er vielleicht noch viel schlimmer gewesen.«

Was macht Brünnhilde da? Sie hat dem Schurken das Geheimnis ihres Gatten verraten. Jetzt ist er erledigt. Sie sollte doch die rettende Kraft des Ganzen sein! Was hat das hier mit Rettung zu tun? Zutiefst gekränkt und wutentbrannt liefert sie ihn ans Messer. Mörderisch ist dieser Verrat. Verrat! Verrat!

Tracey gibt es auf, dem Wirrwarr auf der Bühne zu folgen, und beginnt wieder vor sich hin zu dösen. Als sie gestern Nacht ermattet an Adams Schulter lag und im Halbschlaf spürte, wie sich bei jedem seiner Atemzüge sein Brustkorb hob und senkte, erkannte sie mit dem letzten Gedanken, den sie in ihrem Schwebezustand noch fassen konnte, dass es zwischen Lebenspartnern gleitende Schichten aus Vergangenheit gibt, tektonische Platten aus Vergangenheit, die sich über die gemeinsam verbrachten Jahrzehnte schieben. Verrat, *wie sollte es in so langer Zeit nie zum* Verrat *kommen, wenn zwei unabhängige Per-*

sönlichkeiten Seite an Seite leben und oft Unterschiedliches wollen, unterschiedlich zufrieden sind mit dem, was sie gemeinsam erfahren, und sich manchmal, im Extremfall, weit zurückziehen, ja fast aus der Beziehung lösen? Die Kränkung, das wahre Merkmal des Verrats, deren eigentlicher Grund inzwischen fast vergessen ist, lebt phönixgleich wieder auf und beginnt lodernd von Neuem zu brennen. Dabei vollzieht sich weder ein Fortschritt noch das Gegenteil davon, sondern ein weiteres Kreisen durch die Gefühle; nicht wolkenlos, nie wolkenlos, außer für Schwachköpfe und Leugner. Und inmitten all dessen eine Art grundsätzliche Freiheit zu fordern und doch loyal zu bleiben, das war schwer.

»Quälend langatmig im Moment«, befindet Trevor lächelnd, als er Tracey in der zweiten Pause auf der Treppe trifft.

Sie erwidert sein Lächeln und passt ihre Schritte seinem Schneckentempo an. Wo ist Denise?

»Ich muss mich jetzt immer an einer Wand oder an einem Handlauf abstützen, damit ich nicht ins Schwanken gerate«, fährt er fort. »Da vorn saust Olive dahin. Sie ist immer schneller als ich, dabei weiß ich zufällig, dass sie ein paar Jahre älter ist.«

»Und? Wie finden Sie es heute Abend?«

»Na ja, es ist schon grandios. Allerdings auch ziemlich überkandidelt, unter uns gesagt.«

»Aber Denise gefällt es, oder nicht?«

»Ich denke doch. Sie war die ganze Zeit hier in Berlin ziemlich still – vielleicht ist es Ihnen aufgefallen. Wiederum unter uns gesagt: Gleich nach unserer Rückkehr beginnt ihre Chemo.«

»Ach du meine Güte, das wusste ich nicht!«

»Sie spricht nicht darüber. Sie hat erst vor Kurzem ein künstliches Kniegelenk erhalten und die Operation mit Bravour hinter sich gebracht. Aber sie ist seit einigen Jahren auch an Lupus erkrankt, das kostet viel Kraft. Dabei ist sie zehn Jahre jünger als ich. Ziemlich unfair, das alles.«

»Ja. Obwohl es mit ›fair‹ wahrscheinlich nichts zu tun hat. So etwas entscheiden die Nornen.«

»Die Nornen?«

»Die drei gleich zu Beginn heute Abend.«

»Die mit dem Strickzeug?«

»Ja, die drei Schicksalsgöttinnen.«

»Ach, Schicksalsgöttinnen waren das! Und ich habe mir den Kopf darüber zerbrochen, was das sollte.«

»Die Vergangenheit, die Gegenwart und die Zukunft.«

»Verstehe. Dann hoffen wir mal, dass sie nie eine Masche fallen lassen!«

»Ja.«

Wer gesund ist, lebt wie im Frieden (denkt Tracey, während das Licht zum letzten Mal erlischt); man merkt es nicht, man denkt nicht daran, man nimmt es für selbstverständlich. Und Glück ist, wenn man das eigene Befinden gar nicht wahrnimmt, wenn man seine Gedanken nach außen richten kann. Kein Wunder, dass Denise so still ist.

Sie ahnt, dass eine chronische Erkrankung jedem neuen

Tag von vornherein allen Glanz raubt und, wenn man ihr nicht rechtzeitig mit Ablenkungsmanövern entgegentritt, zu der kühlen Überlegung führen kann, die Sache zu beenden. Was zwar eine Möglichkeit darstellt, der Idee der Selbstvernichtung die Härte zu nehmen, aber keine, die man in jedem Fall umsetzt, nein.

Die drei stämmigen Rheintöchter sind mit ihrer schönen Musik auf die Bühne zurückgekehrt. Ein wahres Labsal nach Hagens dunklen Bass-Hohos. Dies ist der allerletzte Akt, nun muss sich alles entscheiden.

Jetzt im Alter könne sie einfach nicht mehr zu Hause vor dem Fernseher sitzen, hat Pauline nach dem Mittagessen zu Tracey gesagt. Viel mehr sei ihr nämlich in den fünfundvierzig Jahren Arbeit und Familienleben in ihrer kargen Freizeit nicht möglich gewesen; nein, jetzt wolle sie das erleben, wozu ihr früher die Zeit oder die Freiheit gefehlt habe. Außerdem hat sie Tracey gestanden, dass es in ihrem Kunstkurs jemanden gebe, der ihr nicht mehr aus dem Kopf gehe, und sie mit dem Gedanken spiele, ihren Mann für diesen Menschen zu verlassen. »Solange ich lebe, verändere ich mich. Meine Devise lautet: Ich lebe, bis ich tot bin.«

Auf der Bühne wird ein Scheiterhaufen errichtet, und wohin das alles führt, ist ziemlich klar. Überschwänglich singt Brünnhilde von ihrem bevorstehenden Opfertod. Tracey empfindet das Verlangen, alles in Flammen aufgehen zu sehen, als pathetisch und zugleich kindisch. Dieser Drang, alle mit in den Abgrund zu reißen, diese Weigerung, nach dem eigenen Tod irgendetwas unversehrt zurückzulassen – das ist der gigantische Egoismus, den Wagner offenbar propagiert. Aber der hysterische Wunsch nach Perfektion im Tod, in dem es doch Veränderung gar nicht geben kann, ist eine einzige Lüge. Man muss mit der Vergangenheit leben, egal, was man zu tun beschließt; außerdem ist die Geschichte veränderbar. Doch wenn man es nicht schafft, sich zumindest vorläufig auf eine Version dessen zu einigen, was passiert ist, geht es weder gemeinsam weiter noch allein. Der Drang nach absoluter Kontrolle über das Geschehene ist böse, ist unmenschlich.

Aber Brünnhilde tut das einzig Richtige; alles erledigt, nichts dem Zufall überlassen. Das Durcheinander auf der Bühne macht das nicht recht deutlich. Adam wirkt leicht ratlos. »Witwenverbrennung«, flüstert sie ihm ins Ohr, und er wendet sich ihr zu und zieht erstaunt die Braue hoch. Die Musik aber, diese so unanfechtbar ergreifende Musik, hat sie am Ende beide überzeugt.

Auf der Rückfahrt zum Hotel sind alle im Bus ziemlich beschwingt; sie haben das Gefühl, ein großes Abenteuer gemeinsam durchgestanden zu haben. Außerdem ist die Zeit nun wieder endlich geworden, denn morgen geht es nach Hause. Tracey schließt die Augen, lässt die anderen reden und lehnt sich an Adam, der den Arm um ihre Schulter gelegt hat.

»Warum hat sich am Schluss dieses große Tuch so wellenartig über die Bühne bewegt?«

»Ich glaube, das sollte den Rhein darstellen, der über seine Ufer tritt.«

»War wohl eine Anspielung auf den Klimawandel. Hochwasser und Feuer.«

»Aber die Botschaft des Ganzen habe ich noch immer nicht verstanden.«

»Vorsicht, hinter dir steht einer?«

»Als seine tote Hand in die Höhe fuhr, das hat mir gefallen.«

»Oh, das habe ich verpasst. Siegfried?«

»Ja, auf dem Scheiterhaufen. Oder war es, als er auf der Totenbahre lag…«

Tracey öffnet die Augen und greift nach ihrem Kindle.

»Wissen Sie, wie seine letzten Worte lauteten? Das ist wirklich schaurig. Hören Sie mal: *Süßes Vergehen – seliges Grauen.*«

»Tja«, sagt Pauline und verzieht das Gesicht.

»Und ich verstehe nicht, dass Brünnhilde die Heldin ist, obwohl sie einen Mörder gedungen hat. Sie hat Siegfried umbringen lassen, Olive!«, sagt Tracey.

»Am Schluss soll sie eigentlich ihr Pferd besteigen und rückwärts in die Flammen reiten«, erwidert Olive. »Kurz nach meiner Geburt gab es in New York eine Inszenierung mit der Australierin Marjorie Lawrence als Brünnhilde, einer großartigen Sängerin, die obendrein sehr gut reiten konnte. Sie kam auf einem echten Pferd daher und ritt ins Feuer. Das war der Knüller der Saison.«

»Und was ist *danach* passiert, ganz am Ende?«, fragt Adam. »Da hat sich nämlich eindeutig irgendetwas abgespielt, was wir nicht sehen konnten.«

»Walhall ist in Flammen aufgegangen.«

»Da habe ich es.« Tracey zitiert aus dem Kindle. »›Helle Flammen scheinen in dem Saal der Götter aufzuschlagen. Als die Götter von den Flammen gänzlich verhüllt sind, fällt der Vorhang.‹«

»Wir waren auf der falschen Seite«, sagt Adam beleidigt. »Von unseren Plätzen aus hat man außer einem schwachen Leuchten nichts gesehen.«

»Völlig absurd – das halbe Opernhaus konnte es nicht sehen«, sagt Pauline.

»Also, von unserer Seite aus hatte man einen guten Blick darauf«, erklärt Trevor. »Wuschsch!«

»Wie am Schluss von *Jane Eyre*«, meint Tracey. »Das brennende Thornfield. Und Manderley natürlich. *Rebecca*.«

»Gestern Nacht träumte ich, ich wäre wieder in Manderley«, sagt Denise plötzlich.

Die Frauen lachen leise auf.

»Ich werde einen Weg zu ihm finden. Aber nicht heute – verschieben wir's auf morgen«, sagt Pauline mit Südstaaten-Akzent.

Die Männer wirken ratlos.

»Mein teurer Leser, ich heiratete ihn«, zitiert Denise und nimmt Trevors Hand.

Trevor strahlt sie an.

»Es hat mir nicht direkt *gefallen*«, sagt Tracey. »Das Wort trifft es nicht. Ich fand es unglaublich.«

»Ja, so geht es mir auch«, erwidert Adam. »Siehst du, in wichtigen Dingen sind wir uns immer einig.«

»Es gehört ab jetzt zu unserer gemeinsamen Geschichte, egal, was die Zukunft bringt.«

»Ich bin froh, dass ich durchgehalten habe. Aber noch mal möchte ich das nicht mitmachen.«

»Ziemlich genau so geht es mir mit der Ehe.«

»Ach so! Haha!«

Nachdem die Koffer gepackt sind und sie sich gewaschen haben, sinken sie ins Bett wie zwei gefällte Bäume – eine Eiche etwa und eine Linde –, deren Äste ineinander verschlungen sind.

Nachts wird erst er halb wach, dann sie. Sie schläft fast noch, reibt ihr Gesicht an seiner Schulter. Kurz bevor sie beide wieder eindämmern, beginnt Adam seine Gedanken auszusprechen.

»Wenn ich die Zeit zurückdrehen könnte, würde ich alles anders machen.«

Es ist still.

»Nein, würdest du nicht«, flüstert Tracey nach einer Weile.

»Doch!«

»Die Zeit lässt sich aber nicht zurückdrehen.«

»Sprich nie mehr vom Weggehen«, sagt er. »Denk an die Jungs! Das darfst du ihnen nicht antun. Es würde sie treffen wie eine Bombe.«

»Schsch!«

»Lass nicht alles in Flammen aufgehen, Tracey.«

»Schlaf jetzt.«

»Bald werden wir alt. Es kann jetzt jeden Moment beginnen.«

»Ich weiß.«

»Wenn einer von uns stirbt, hat der andere das alles nicht mehr.«

»Das habe ich mir auch schon gedacht.«

Sie schweigen wieder eine Zeit lang. Nur ihre Atemzüge sind zu hören, rhythmisch wie das Meer.

»Solange ich dich nur habe«, sagt er.

Es kommt keine Antwort.

»Tracey?«

Doch diesmal ist sie als Erste eingeschlafen.

Foto © Alicia Canter

Helen Simpson, 1959 in Bristol geboren, studierte Englische Literatur in Oxford und lebt heute als freie Schriftstellerin in London. Sie erhielt bereits den Sunday Times Young Writer of the Year Award, und ihre Erzählungen wurden mit dem Somerset Maugham Award, dem Hawthornden Prize und dem E.M. Forster Award ausgezeichnet.
Bei Kein & Aber erschien ihr Erzählband *Gleich, Schätzchen* (2010).